KB219522

환락경

최지혜

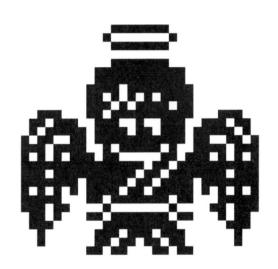

환락경

야작

toc.

프롤로그

"지루한 천국과 흥미진진한 지옥 중에 택하라면 어떻게 할래?"

한 남자가 뒤를 돌아보며 물었다.

남자 앞에는 상당히 자라 어른처럼 보이지만 아직 앳된 티가 나는 여자아이가 눈을 감고 앉아 있었다. 단정한 얼굴은 잠자는 듯 평온했고, 이마에는 붉은 보석이 빛났다. 보석의 빛은 크게 빛났다 꺼졌다 하며 깜박였다.

"이제 누르기만 하면 되는 순간에 하기엔 너무 심오한 질문 아닌가요?"

남자와 닮은 다른 남자가 장난스럽게 말했다. 남자는 고개를 삐딱하게 꼬아서 여자아이 쪽을 바라보았다.

"한 번쯤은 안 눌러도 되지 않을까, 싶어서."

남자의 손이 여자아이의 이마를 쓸어내렸다. 돌출되어 빛나던 보석은 손길에 따라 안으로 사라졌다. 여자아이의 이마는 아무 자국 없이 단정하고 매끈했다.

"감찰관이 그러셔도 되겠습니까?"

"선택할 권리가 없을 때는 선택하지 않는 것 또한 선택이니까. 뒤는 맡기지."

"흥미진진한 걸 원하시는 듯하니, 극적으로 잘해보겠습니다."

다른 남자가 옆에 누운 사람 형체 쪽으로 눈길을 주며 말했다. 여자아이의 엄마 또래 여자가 핏기를 잃고 누워 있었다. 치렁치렁한 검은 옷이 마치 마녀 복장처럼 보였다. 마침 주위는 깊은 산속이었고 벽난로가 타는 오두막이었다.

"고전적인 세팅을 할 수 있겠네요. 마침 고딕이 잘 어울리는 설정이기도 하고요."

남자가 밖으로 나설 때, 검은 연기로 이루어진 늑대가 뒤를 따랐다.

잠시 떠졌던 여자아이의 눈에 그 광경이 담겼다. 눈은 다시 감겼고, 눈 속에서 새로운 삶이 조합되었다.

1

이상한 소리가 음악을 뚫고 이어폰을 낀 귓속으로 들어왔다.

유리는 왠지 목덜미가 간지러운 기분을 느끼고 슬쩍 뒤를 돌아보았다. 고양이가 쓰레기봉투를 뒤지고 있는 장면이 보였다. 눈으로 보고 나자 썩어가는 음식쓰레기 냄새 같은 것이 코로 흘러들어왔다. 유리는 오만상을 찌푸리며 다시 앞을 보고 걷기 시작했다.

어지간한 보통 한국 남자한테 지지 않는 키에, 체력도 호신술도 출중하지만 유리는 이 길이 언제나

무서웠다. 인간의 이성을 넘어선 공격은, 속된 말로 미친놈의 공격은 아무리 생각해도 막아낼 자신이 없었다. 그런데 이 근처에서 연쇄적으로 일어난 부녀자 살인 사건은 아무리 봐도 미친놈의 짓 같았다. 희생자들은 여자라는 것 외에는 공통점이 없었다. 서로 안면도 없었고, 나이도 다양했고, 체형도 키도 직업도 달랐다. 물론 이렇듯 어둡고 치안이 좋지 않은 동네에 살아야 하는 처지라는 점도 공통점이긴 했다. 그러나 역시 보통 범죄는 아니었다. 희생자들은 강도를 당하지 않았고, 성폭행을 당하지도 않았고, 안면이 없었으니 서로 겹치는 원한 관계도 없었다. 그래서 사건이 미궁에 빠져 있었고, 경찰은 무능하다고 타박받고 허둥대고 있다고 뉴스에서는 말했다. 유리는 그게 다가 아닐 거라고 생각했다. 드라마를 봐도, 추리소설을 봐도, 내부에서만 도는 정보와 단서가 있게 마련이었다. 물론 가장 중요하고, 또는 가장 충격적이어서 사회에 알려지면 사회를 이끄는 사람들이 철퇴를 맞고 사회가 멀쩡히 돌아간다고 생각하던 서민들은 몸서리를 칠 정보들 말이다.

유리는 이렇게까지 복잡하게 생각하면서 새삼 없

는 겁까지 만들어내는 자신이 낯설었다. 평소라면 돈을 벌든가 다른 있을 데를 만들든가 그도 아니면 무슨 방법이 생길 때까지는 최선을 다해 조심하자고, 조급하리만치 시원스럽게 결론을 내리고 더 이상 생각하지 않을 터였다. 이렇게 머리에서 결정한 것과 실제 행동이 다른 경우는 아주 오래전, 엄마가 죽은 열두 살 이후로 처음이었다.

유리는 필요 이상으로 난폭하게 이어폰을 귀에서 뽑고, 케이스 안에 던져 넣었다. 소름 끼치는 적막이 골목길을 휘감았다. 유리는 이렇듯 어둠과 침묵이 공존하는 때를 제일 싫어했고, 그래서 이어폰을 꽂고 살다시피 했지만 위험한데도 그럴 수는 없었다. 기분 나쁘게 가더라도 집에 살아서 들어가는 게 나았다.

그 주택가는 멀리서 보면 한 건물 같았다. 경사진 언덕에 다닥다닥 붙어 있어, 어느 집의 2층과 옆집 1층이 나란히 있는 일도 흔했고, 1층의 반은 창문이 없는 집이 허다했다. 집을 지었다 헐고 새로 다세대주택이나 빌라로 만든 곳도 있어서 이전보다 나아졌지만, 여전히 길이 좁고 찾기 힘들었다. 꽤 길게 이어져도 막다른 골목인 곳이 많았다. 유리는 그런 곳을 '함정길'이라고 불렀다. 버스정류장에서 집까지 가는 길 사이에는 그런 함정길이 좀 있었는데, 두 군데는 넘었고 다섯 군데는 안 되지 싶었다. 갈 때마다 각기 다른 곳에서 함정길에 빠지는 걸 보면 꽤 많은 것 같기도 하지만, 어쩌면 언제나 같은 곳에서 헤매는 것일지도 몰랐다. 어차피 유리는 주위에서 모두 포기한 길치였으니까. 이 희대의 길치가 이토록 복잡한 골목길 끝에 있는 반지하 방에서 살면서 하루 일과로 길 잃기를 빼먹지 않아야 하는 이유는 모두 돈 때문이었다. 이토록 보증금이 싸고 월세마저 싸고 제발 들어와달라는 듯이 주인이 친절한 곳은 없었다. 정말 주인이 안달할 정도로 입지도 시설도 좋지 않기 때문에 싼 것이고. 결론은 언제나 돈이었다. 게다가 사람 하나 다니지 않는 새벽에 집에 들어오는 것도 다 돈 벌겠다고 하는 짓이 아닌가. 유리는 돈 없는 자의 서러움을 원한과 분노로 승화시켜 공포를 피해보려 했다. 효과 만점까지는 아니지만 그럭저럭 견디며 집 앞 한 모퉁이 전까지 왔을 때였다.

아무 소리도 없이 모퉁이 담벼락 그림자에서 한

형체가 앞으로 나왔다. 유리는 덮어놓고 짧게 비명을 질렀다. 평소대로 상대를 받아넘기거나 옆으로 쳐내려는 자세까지 취했다. 그러나 상대편에서 더 다가오지도 않고, 일단 아무 일도 일어나지 않자 무안해지기 시작했다. 사람이 비명을 질렀는데도 아무도 내다보지 않고 아무 소리도 안 나서 이기적인 동네 사람들과 타인에게 무관심한 사회를 원망하기까지 했건만.

"아, 놀라서…… 죄송합니다."

유리는 아직도 우두커니 서 있는 상대에게 사과부터 했다. 담벼락 그림자에 몸이 반은 걸쳐 있어서 확실하진 않았지만, 멀쩡히 양복을 입은 남자처럼 보였다. 특징 없이 주름살이 덮은 얼굴에 반쯤 벗겨진 머리로 보아 50대가 넘는 아저씨였다. 넥타이를 느슨하게 매고 있긴 했지만, 전체적으로 꼴이 양호한 것이 취객은 아닌 듯했다. 표정도 조금 찌푸리고 있긴 했지만 뭔가 생각을 골똘하게 하는 듯한 표정일 뿐이었다. 앞으로 먼저 튀어나와 놓고선 그 이후엔 꼼짝도 안 하는 게, 뭔가를 생각하느라 그런 모양이었다. 유리는 슬슬 움직였다. 계속 움직이지 않고 있으면 조금 돌아서 가는 게 상책일 것이었다.

최대한 닿지 않도록, 그 좁은 골목길에서 그 아저씨와 최대한 먼 코스로 지나가려는데 갑자기 아저씨가 움직였다. 팔이 몸에서 떨어지지 않는, 팔과 다리가 한 조각이 된 것 같은 이상한 걸음걸이로 유리를 향해 다가오기 시작했다. 유리는 속으로 비명을 지르면서 걸음을 빨리했다. 그저 빨리 지나가 집으로 들어가는 게 상책이다! 그런데 그 팔길이로는 닿을 리 없다고 생각한 거리였는데도 그 아저씨의 손이 닿았고…… 당장 그 손을 부러뜨리겠다는 분노 같은 것이 치솟았다.

"아, 미안합니다."

그렇게 되기 전에, 그 손을 다른 손이 중간에서 탁 채버렸다. 부드러운 사과의 말과 함께.

유리는 새로 나타난 손의 주인을 보았다. 아주 눈에 띄는 남자였다. 일단 유리보다도 머리 하나는 올라갈 만큼 키가 크고, 긴 검은 옷을 입고 있어 피부가 더욱 하얗게 보이는 백인 남자였다. 얼굴은 남자다운 선이 있다는 것을 빼면 아름답다고 해도 좋을 법했는데, 이상하게 그 이상 평가하기 어려운 낯선 인상이었다. 밀랍 인형이나 구체 관절 인형이 움직이고 말하는 것 같은 부자연스러움이 배어 나왔다. 그 얼굴보다는, 외국인치고 굉장히 정확한 한국어에 더 관심이 갈 정도였다.

그 남자는 유리에게 뻗쳤던 아저씨의 팔 쪽으로 자기 머리를 넣더니, 다른 한 손을 아저씨 어깨에 둘러 부축했다. 키 차이가 워낙 커서 그 아저씨의 발이 땅에서 붕 뜰 것만 같았다. 그렇게 들려서도 아저씨는 외국인 남자를 돌아보지도 않았고, 유리에게 시선을 고정시키고 있었다. 유리가 소름 끼쳐서 떨자, 다시 그 남자가 말했다.

"안 취한 것처럼 보여도 이게 술버릇이라서. 놀라셨죠? 빨리 데려가겠습니다. 조심히 들어가세요."

완벽하게 한국 사람 같은 억양과 발음. 게다가 이번엔 길게 말해서, 유리는 이 남자의 목소리가 굉장히 듣기 좋고, 크지 않으면서도 잘 들린다는 것을 깨달았다. 아마도 한국에서 교사 생활을 하는 사람이 아닐까. 남에게 말하는 훈련을 받은 목소리였다.

"고맙습니다."

꾸벅 인사를 하고 유리는 재빨리 돌아서 집으로

들어갔다. 그때까지도 아저씨의 눈은 유리를 향해 있었고, 유리는 절대로 돌아보진 않았지만 계속 뒤통수로 그 시선을 느꼈다. 그러나 착각이었다. 집 문을 열면서 뒤돌아보니 그 남자가 아저씨를 데려간 듯, 그곳엔 아무도 없었다. 유리는 깊은숨을 들이쉬면서 집으로 들어갔다. 문을 단단히 잠그고, 가방을 내던지고, 어느새 솟아난 땀을 닦으러 화장실에 들어가서야 불현듯 궁금해졌다.

그 남자는 도대체 어디서 나타난 걸까? 이 집이 함정길의 끝인데. 그렇게 키가 큰 사람이 그 아저씨 뒤에 서 있었다면, 그림자가 겹쳤을 텐데…….

무서워서 뭘 볼 정신이나 있었겠냐. 유리는 찬물로 얼굴을 빡빡 문지르며 전투적으로 세수했다. 지금은 그저 씻고 자는 것만 생각하리라 맘먹고.

얼굴을 두들기는 찬물 속에서 생각했다. 아까 치솟았던 감정은 너무 긴장해서 그런 거겠지. 정말 이지겨운 날이 빨리 끝났으면 좋겠다. 멀쩡한 사람을 죽일 뻔했잖아.

외국인 남자는 한 손으로 중년 남자의 머리를 잡

아 인형을 다루듯이 이리저리 돌렸다. 중년 남자는 목구멍 안쪽에서부터 막힌 듯 꺽꺽대기만 할 뿐, 알아들을 수 있는 소리를 내지 않았다. 외국인 남자는 마치 인형의 조립 상태를 점검하듯 중년 남자의 이곳저곳을 보더니 놓아주었다. 무심하게 손을 펴버렸으니 놓아줬다기보단 패대기친 것에 가까웠다. 다시금 중년 남자가 알아들을 수 없는 꺽꺽 소리를 냈다. 외국인 남자는 잠시 눈썹을 찌푸리며 고민하더니 왼손 소매를 걷었다. 그리고 손톱으로 가볍게 팔뚝을 그었다. 가늘고 긴 금이 생기더니 금세 빨간 눈물을 흘리는 눈처럼 보이기 시작했다. 엎어져 말도 안 되는 말을 계속 지껄이던 중년 남자가 용수철이 달린 듯이 튀어 일어났다. 외국인 남자가 웃었다.

"먹고 싶지?"

멍했던 중년 남자의 표정에 절박한 갈망이 솟아올랐다. 중년 남자는 몸을 부르르 떨기 시작했다. 갈망만큼 절박한 혼란과 공포가 얼굴을 차례로 지배하고, 지배권을 쥔 감정에 따라 얼굴색도 변했다. 외국인 남자는 그것을 부추기듯 달콤한 목소리로 말했다.

"네가 놓친 것에 비하면 떨어지지만, 이 정도면 최

고급 약이지. 이걸 찾아다니지 않았나? 몸이 녹을 때까지 가만있을 거야?"

녹는다는 말에 중년 남자는 슬프기까지 한 괴성을 지르더니 외국인 남자의 팔뚝으로 돌진했다. 외국인 남자는 다시 잠깐 눈살을 찌푸리며 욕설을 침처럼 뱉었지만, 미동도 없이 버티고 섰다. 중년 남자는 팔뚝에서 흐르는 피에 입을 대더니, 게걸스럽게 빨아들이기 시작했다. 조금 빨아들이자 약간 쭈글쭈글하고 힘줄이 솟았던 그의 손과, 굽이굽이 치맛단처럼 굽은 목의 피부가 펴지기 시작했다. 외국인 남자가 무시무시한 힘으로 밀쳐냈을 때쯤에 중년 남자는 잘 봐도 30대 초반쯤인 청년이 되어 있었다. 청년은 입술에 남은 피를 핥으며 아쉬워하면서도, 아까보다도 더 외국인 남자 앞에서 어깨를 움츠리며 고개를 들지 못했다. 외국인 남자가 바라보자 청년은 그에게로 가 양손에 입을 맞추고 발등에 이마를 대며 무릎을 꿇었다.

"주인님."

"네게 내 이름을 덮어주노라. 미하일. 너의 행동은 이제 내 이름 아래 제약을 받으며, 내 이름 아래

비호를 받을지니.”

“명심하겠습니다.”

“이제 네 ‘전’ 주인 이야기를 해보자.”

청년은 바뀐 제 주인에게 입을 열고 뭐라고 뻐끔 댔다. 미하일은 고개를 끄덕였다.

“금제를 많이도 걸어뒀군. 그것도 단서이기는 하다만.”

잠시 생각한 미하일은 다시 물었다.

“저 여자가 뭐라서 찾으라고 했던 거냐?”

“모릅니다. 주인님은, 그러니까 전 주인님은 그저 그곳에 사는 여자들을 먹으라고 했습니다. 그 외엔 하나도 안 가르쳐주셨습니다.”

“넌 바로 저 여자를 기다리고 있었다. 실컷 굶은 꼴로 말이지. 그런데 아무것도 모른다고?”

“그건, 전 주인님이 절대로……! ‘천사’ 이야기를 하면…… 커억!”

갑자기 청년은 자기 혀를 손으로 쑥 쥐었다. 그리고 일말의 망설임도 없이 그것을 잡아 뽑았다. 기다랗게 말린 혀의 뿌리 부분과 그 밑으로 연결된 혈관들이 입을 거치면서 갈가리 찢긴 채 함께 튀어나왔다. 피가 확 튀었고, 그 피 사이로 그가 무릎을 꿇었다. 뽑힌 혀가 눈앞에서 꿈틀대는데도 그는 온몸의 내장을 입으로 토해내려는 듯 혈관을 당기고 당기고 또 당기고 있었다.

미하일은 혀를 찼다. 그리고 간단히 손가락 하나를 움직여 내장을 쏟으려 고군분투 중인 그의 목을 깨끗이 날려주었다. 청년은 목과 몸이 분리되고도 잠시 동안 계속 내장을 당겨, 얼굴 가죽이 거꾸로 뒤집히기 직전까지 갔지만 다행히 얼굴 껍질은 보존한 채 죽음을 맞았다.

미하일은 기분 나쁜 듯이 손과 옷에 튄 피들을 닦은 후 주머니에서 휴대전화를 꺼냈다.

"루치안, 우선순위가 바뀌었다. '천사'가 노출됐어. 준비해."

할 말만 하고 바로 끊은 미하일은 다시 아래를 내려다보았다. 지문 없는 자기 손자국과 흔히 구할 수 없는 러시아 구두 자국이 잔뜩 남은 피바다를.

한숨을 쉬고는, 현장을 훼손할 도구를 찾아 주위를 둘러보기 시작했다.

2

수업과 알바를 마치고 긴 하루 끝에 유리는 다시 골목 미로를 통과했다. 오늘은 이상하게 어제처럼 꺼림칙한 느낌이 들지 않아서 빠르게 통과하면서 하루 동안 밀린 연락을 체크했다.

"미, 미친."

좋은 소식과, 그 좋은 소식을 완전히 무로 돌리는 나쁜 소식이 함께 한 메일에 있었다. 외부 재단 행사에 유리가 참가했었기 때문에 학교에서 돈을 줄 것인데, 학비 지원금, 즉 장학금으로 처리될 것이며 이전에 제출한 계좌로 입금했다는 소식이었다. 그 계좌가 문제였다.

"아, 그 계좌 안 되는데! 아오, 내가 미쳤지, 왜 그 계좌를 놔둬서!"

"왜 안 되는데?"

기분 나쁜 목소리에 유리는 몸을 흠칫 떨었다.

"삼촌?"

"그래, 나다. 내가 모르는 계좌 얘기냐?"

그게 아니라서 문제다, 이 양반아. 유리는 솔직하게 답하지 못하고 목소리가 들려오는 쪽을 쳐다봤다.

멀리서 비치는 가로등 불빛에 드러난 얼굴은 칠순이 다 되어간다고 해도 믿을 만큼 쭈글쭈글한 우거지상이었다. 실제로는 50대인데다 서구적으로 생기진 않았지만 눈이 부리부리하고 눈썹도 짙고 코도 크고 입술도 얇지 않아서 호남형이라고도 할 수 있었던 유리의 삼촌은 몇 년 새 20년은 늙은 듯했다.

"에이, 삼촌, 저한테 삼촌이 모르는 계좌가 어딨다고요."

"허, 그래? 이 요망한 년이……."

오늘은 빨리 끓어오르는데. 위험한 신호다. 유리
는 당장 뛰기 위해 몸을 긴장시켰다.

"길가에서 이러지 마세요. 그것도 이렇게 야심한
시각에. 신고 들어올지도 몰라요."

"그럼 안으로 들어가서 얘기하자꾸나."

"싫어요. 정 저랑 직접 이야기하고 싶으시면 낮에
밖에서 만나요. 전 삼촌이랑 단둘이 얘기할 생각은
전혀 없으니까 그렇게 아세요. 도대체 여긴 어떻게
아신 거예요?"

"네 이야기를 하니까 그 사람들이 알아다 주더라."

그 사람들. 사채꾼들. 유리는 순간적으로 눈앞이
캄캄했다. 앞으로 벌어질 일들이 실처럼 이어져 유
리를 바닥으로 이끄는 것 같았다.

처음엔 전화가 오겠지. 그리고 집으로도 찾아올
거야. 학교와 일터도 위험하지. 아직 취직 가능한 연
령이니까 취직시켜서 월급을 차압하려고 들지도 몰
라. 뼈 빠지게 모아놓은 통장은 제일 먼저 뺏기겠지?
만기까지 시간이 꽤 남았으니까 그건 그냥 놔두고
그걸 담보로 은행 대출을 받아다 오라고 할지도 몰
라. 하지만 난 벌써 신용 불량이잖아. 돌려막기를 유

도할지도 모르지. 내 인생을 확실히 조지게 말이야. 그러다 안 되면 밤의 업계로 갈 수도…… 아! 누가 이 사람 좀 지옥으로 끌고 가줘! 안 그러면 내가 끌려가겠어! 난 차도 없는데 차 안에서 지내면서 도망다닐 수도 없단 말이야!

"아주 확실히 빨아먹으려고 작정하셨군요. 그렇게 제가 싫으세요? 이런 식으로 제 인생 좆내고 싶으세요? 예?"

절망에 사로잡힌 유리는 자기가 내뱉었던 신고 이야기는 까맣게 잊고 흥분해서 소리 질렀다. 역시 약한 입장에 서 있을 수밖에 없는 삼촌은 뭐라고 중얼거리면서 아니라고 했지만, 그 모습을 보고 유리는 더욱 속에서 불이 났다.

"또 우리가 남이냐는 소린 하지 마세요! 진짜 남이었으면 하는 생각이 들어서 더 슬프니까! 그냥 보육원이나 복지관 같은 데 갔으면 차라리 인생이 이 모양은 아니겠어요! 정말 해도 해도 너무하시는 거 아니에요?"

진짜 열두 살에 엄마를 죽인 게 뭔지는 몰라도 죽여버리고 싶다. 그 일 후에 나를 삼촌한테 맡긴 사람도 죽여버리고 싶다. 유리는 아무 위화감 없이 살의를 불태웠다.

"아, 거참, 말버릇이 그게 뭐냐? 나와서 몇 년 사니까 이제 눈에 뵈는 게 없는 거냐? 해준 거 없어도 누나 딸이라고 받아주고 키워줬더니! 너 어디 믿는 구석 생긴 거 아니냐? 남자 생겼구나! 그래서 가족한테 뭘 해주는 게 그렇게 아까워진 거지? 딸년 키워봤자 소용없다고 하더니만 조카딸도 다를 게 없구만!"

유리가 쏘아붙이는 말에 심기가 거슬렸는지 삼촌도 마주 소리를 지르기 시작했다. 그 작태에 유리는 기가 막혀서 잠시 말도 나오질 않았다. 그 잠시가 지나자 더 이상 상대하는 것은 시간 낭비, 정력 낭비에 동네 망신, 자아 학대라는 생각이 들었다. 유리는 길을 막다시피 서 있는 삼촌을 밀어냈다.

"비키세요, 더 할 말 없으니까."

"이년이 정말!"

아주 익숙한 손길이 날아왔다. 유리는 이번만은 참지 않고 받아넘겨 주리라 생각하면서 몸을 긴장시켰다. 그냥 피할까? 잡아서 메쳐버릴까?

머리부터 떨어지게 메치면, 잘하면 죽지 않으려나?

그 생각이 들자 오히려 닿기를 기다리게 됐다. 기다렸으나 닿는 느낌이 없어서 보니, 누군가가 삼촌의 손을 잡아서 멈추고 있었다.

"조카딸한테 이렇게 손대시면 안 되지요."

참 이상하다. 유리는 생각했다. 왠지 이 장면을 어디에서 본 것 같아. 그것도 가까운 과거에. 조금 전까지는 기척도 흔적도 없었던 곳에서 낯선 외국 남자가 나와서 자기를 덮치려던 사람을 말리는 일이 두 번이나 일어나다니. 그 외국 남자가 어제 그 사람이 아니라 다른 사람이라는 것이 더욱 이상한 일이었다. 이 동네가 언제부터 외국인이 오가는 곳이 됐을까? 그것도 하나같이 얼굴 희고 비인간 같지만 잘생겼고 한국말까지 완벽하게 구사하는 외국인들이라니 우연의 일치인가? 여기 어딘가에 집단 숙소라도 생겼나? 두 사람만 가지고 너무 성급한 결론인가?

유리가 한순간에 여러 생각들에 뒤덮여 정신을 못 차리는 동안 그 외국 남자는 삼촌과 실랑이를 벌였다. 그 남자는 어두워서 정확한 색깔은 알 수 없지만 옅은 색 머리카락이 곱슬거리고 키도 체격도 작아 언뜻 보면 소년처럼 보였다. 대조적으로 목소리는 완연한 중저음이라 다 자란 청년이란 것을 알 수 있었다. 삼촌을 대하는 태도도 소년답지 않게 유들유들했다. 그때 삼촌이, 유리의 정신이 확 돌아올 만한 말을 했다.

"뭐냐, 넌! 네가 그 남자냐? 순진한 우리 조카딸을 이렇게 만든 게 네 녀석이지?"

"삼촌, 어디서 그런……."

"아시면 돌아가시죠. 이 여자는 이제 저희 집안 사람입니다."

어디서 그런 망발이 쌍으로 나오는 거냐! 유리는 다시 한번 쓰러질 뻔했다.

"뭐야? 거짓말 마라, 얘가 우리한테 알리지도 않고 그럴 리가, 그것도 외국인이랑……."

"이 집도 알리기 싫어했던 건 아시잖습니까? 그리고 외국인이랑 맺어진 건 당신들 탓입니다. 가족 때문에 얼마나 고생했으면 이 나라까지 싫어졌겠습니까, 어지간히들 하셨어야지요."

당장 무슨 말이냐고 버럭대려던 유리는 그 말을 듣고 잠시 사태를 두고 보기로 했다. 자기 입장을 정확히는 아니지만 어떻게 해서인지 꽤 잘 맞히고 있었고, 설득력이 꽤 있어서인지 삼촌도 뭐라고 말을 못 하고 있었다. 게다가 더 중요하게는, 남자를 상대하면 삼촌은 자기를 상대할 때처럼 막 나가지 못했다. 남자한테는 무슨 일을 당할 수도 있다고 생각하는 것 같았다. 게다가 아무리 한국말을 잘해도 외국인한테는 더욱 위축되어, 자신이 나서는 것보다도 꽤 효과적으로 삼촌이 물러서고 있었다. 외국인 남자가 어떻게 그런 것들을 아는지, 왜 이딴 거짓말을 하는지는 삼촌이 가고 나서 불라고 해야겠다.

이제 유리는 팔짱을 끼고 느긋하게 방관하는 자세가 되었다. 외국인 남자는 웃음을 잃지 않으면서 신랄한 말로 삼촌을 일시적으로 퇴치하는 데 성공했고, 삼촌은 처음 왔을 때보다 더욱 늙은 얼굴로 골목길을 돌아 사라졌다. 외국인 남자가 상냥하고 녹아내릴 것 같은 웃음을 여전히 얼굴에 띄우고 유리를 돌아보았다.

"자, 그러면 전 이만⋯⋯."

"어딜 가시려고?"

유리가 남자의 목을 기습하여 조르기에 들어갔다. 남자는 켁 소리를 냈지만 놀라서 그런 것인 듯 고통스러워하는 기미가 없었다. 유리가 느끼기에도 도대체 숨이 막히는 느낌이 없었지만, 신경 쓰지 않고 소리쳤다.

"댁은 누군데 뒷감당도 안 되는 거짓말을 줄줄이 늘어놓는 거예요? 대답하기 전엔 못 갈 줄 알아요!"

"아, 예예, 대답할 테니 서로의 품위를 위해서 이건 좀 놔주시는 게 어떨까요?"

울먹이는 소리가 섞이긴 했지만 고통스러워서가 아니라 그저 동정을 유발하기 위한 소리라는 게 뻔히 들렸다. 유리는 대답 대신 팔을 더욱 당겼다.

"아아, 알았습니다, 알았어요. 저는 가브리엘이라고 합니다. 나이는 비밀이고, 일단은 프랑스 사람입니다. 키는 166센티미터, 몸무게는 54킬로그램, 발 사이즈는……."

"누가 그런 거 알고 싶대요?"

"하지만 이렇게 질문하셨는데요?"

"내가 언제요!"

"'댁은 누군데' 뒷감당도 안 되는 거짓말을 줄줄이 늘어놓는 거냐고 했으니 여기에서 주 질문은 제가 누구냐 하는 거잖습니까? 그래서 되도록 상세히

프로필을 대고 있는데 뭐가 잘못됐나요?"

유리는 순간적으로 머리에서 뭔가 끊기는 것을 느꼈다. 팔 사이에서 히죽 웃고 있는 게 사람인지 뭔지 모르겠지만 대단히 불쾌하단 생각이 그 끊긴 부분을 쳤고, 유리는 그 느낌에 신속하게 부응해 팔 사이의 무언가를 시멘트길 위에 메다꽂았다. 그리고 수없이 많은 나날 동안 단련된 자동 반응처럼 아무 생각 없이 문을 열고, 들어가서 닫고 잠갔다. 시멘트 바닥 위에 길게 널브러진 사람 형체는 기억에 담기지도 않았다.

잠깐 동안 꼴사나운 자세로 뻗어 있던 가브리엘은 문이 닫히는 소리가 나자 벌떡 일어났다. 여전히 장난스러운 웃음이 입꼬리에 달려 있었다.

"보통 사람은 이러면 죽는데 말이야. 이 정도는 되어야 '천사'란 건가."

대답은 없었지만 가브리엘은 혼자 재미있어하면서 배를 잡고 웃었다. 그러나 검은 재킷이 시멘트에 쓸려 올이 나간 것을 발견하자 갑자기 우울한 얼굴이 되었다. 가브리엘은 아깝다는 듯이 재킷을 부여잡고, 터덜터덜 어둠 속으로 들어갔다.

3

유리는 한잠 자고 일어나서야 제대로 머리가 돌아가기 시작했다. 덕분에 눈뜨자마자 든 생각은 "여기를 떠야 한다"였다. 당장 방을 빼진 못하더라도 여기는 되도록 피해야 한다. 삼촌은 분명히 또 올 거고, 다음번엔 혼자 오지 않을 가능성이 컸다. 게다가 남편을 사칭하는 이상한 외국인 남자까지 붙다니 되도록 빨리 방도 빼는 게 낫겠다고 생각했다. 한동안 고시텔을 가든지, 찜질방을 전전하든지……. 아르바이트들도 관둬야겠지. 외국으로 나가는 게 정말 장땡인데. 전생에 무슨 죄를 지어서 인생이 이러냐고 생각하면서 유리는 한숨을 쉬었다.

큰 배낭에 속옷 보퉁이와 몇 가지 옷을 넣고, 엄마의 사진이 든 작은 앨범을 챙겼다. 꼭 가지고 있어야 할 짐이란 이 정도였다. 전공 책들도 집에 몇 권두고 있었지만, 강도든 채권자든 책에 관심을 가질일은 거의 없을 테고, 그런 건 복구할 수 있는 피해였다. 어떻게든 다시 볼 수 있는 것들에 집착하지 않고 살기로 한 지 어언 10년이 넘어 12년째였다. 참어린 나이에 인생을 깨달았다고 생각하면서 유리는조금 웃었다.

그럼 맨 먼저 어딜 가면 좋을까? 아르바이트하는바는 사장님이 영업을 정리하고 자고 있을 시간이니문자 정도로 연락해두고 나중에 찾아가는 게 좋을것 같았다. 학교에 들러 단기 알바 자리라도 정보를찾은 후, 적당히 머물 만한 찜질방을 찾아 들어가그것들을 검토하거나 더 나은 계획이 없는지 머리를굴려봐야겠다. 유리는 지하철 안에서 바 사장님에게 며칠간 못 나올 것 같다, 자세한 건 나중에 말씀드리겠다, 갑작스레 이런 연락을 해서 죄송하다고문자를 보냈다.

과사무실 문을 열고 들어가자마자 학과 조교 김신영이 사무적으로 말했다.

"원서는 옆방에서 가져가세요."

"언니, 나야."

"응? 어, 유……?"

"쉿."

유리는 팔을 돌려 과사무실 문을 닫고 잠갔다.

"그냥 알고만 있으라고. 혹시 누가 나 안 찾아왔어?"

"왔지."

"누구?"

유리는 잔뜩 긴장하며 모자를 더욱 눌렀다.

"장 선생님."

유리가 너무 허탈해하면서 흐늘흐늘 벽에 붙자, 김 조교는 눈을 깜박거렸다.

"너 정말 이상하다. 무슨 일 있어?"

"아니, 별일 아냐. 장 선생님은 왜?"

평소에 너무나 다양한 아르바이트를 하며 빨빨거리고 돌아다니는 유리이기에 김 조교는 이번에도 이상한 일을 하나 보다 생각한 모양이었다. 못 말린다는 표정으로 유리를 바라보더니, 두꺼운 서류 봉투를 넘겨주었다.

"급한 일이래. 사흘 안에 해줄 수 있겠느냐고 하시더라."

"우와, 그 선생님은 도대체 내가 무슨 번역기계인 줄 알아."

유리는 봉투 속에 든 종이를 세어보면서 혀를 찼다. A4 용지에 기본간격으로 빽빽이 프린트된 종이가 100장, 적어도 80장은 넘어 보였다.

"좀 과장하면 책 한 권은 되겠네. 그냥 베껴쓰기만 해도 사흘은 넘게 걸리겠다. 일주일 안에 해드리겠다고 전해줘, 언니."

"뭐, 그 선생님 엄살은 알아주잖아. 걱정하지 마."

"그래도 다행이다, 일거리가 있어서."

"응? 너 지금 일하러 가는 거 아니야?"

아차 싶었지만 유리는 눈 하나 깜짝하지 않고, 아니 눈 하나를 깜박이며 윙크를 해 보이고 말했다.

"일이야 많을수록 좋지."

"그렇게 돈 모아서 뭐 하려고, 구두쇠. 너 알부자라고 소문 다 났다."

"무슨 알부자가 장학금에 목을 매. 말도 안 되는

소문도 다 있네."

"원래 있는 것들이 더하대잖냐."

김 조교는 자기가 한 말이 재미있는 듯이 쿡쿡댔다. 유리는 이 타이밍을 놓치지 않고 인사를 하며 문을 열고 나왔다. 몇 마디만 더 상대해주다 보면 김 조교가 아예 의자를 돌려 유리를 수다 상대로 삼을 게 뻔했다. 왠지 모르게 씁쓸한 기분이 들었다.

'이건 뭐, 말 그대로 도주의 나날이네.'

그러다 문득 뭔가 떠올라서 다시 문을 열고 김 조교에게 말했다.

"나 여기 온 거 비밀이야. 누가 물어보면 요새 안 온다고 그래."

그리고 다시 김 조교가 뭐라고 말하기 전에 잽싸게 문을 닫았다.

유리는 누구와도 눈을 마주치지 않으려고 시선을 종이봉투에 두고 걸었다.

도중에 누군가가 자신을 빤히 보고 있는 기분이 들어 잠시 고개를 들었다. 키가 큰 여자였다. 창백하고 희디흰 얼굴이지만 눈가와 입술은 건강하고 요사스럽기까지 할 정도로 빨개서 시선이 끌렸다. 익숙한 기분도 들었다. 어제와 그제 본 외국인들과 비슷한 인상. 그걸 깨닫자마자 또다시 분노 비슷한 감정이 솟구쳐, 고개를 숙였다. 알 수 없는 요동을 가라앉히려고 애쓰며 죽 걸어나가, 학교 밖으로 나섰을 때는 그 여자를 본 사실조차 잊었다.

시간을 때우고 나중에 돈도 들어올 일이 생긴 건 잘된 일이었다. 일단 낮에는 패스트푸드점에 가서 콜라 하나 앞에 놓고 작업하다가, 배고프면 제일 싼 버거라도 하나 먹으면 될 것이고, 밤에는 찜질방으로 가면 되겠지. 웬만한 찜질방에는 PC가 있는 경우가 많으니까 애매한 부분은 체크해뒀다가 거기서 한꺼번에 처리하면 된다. 찜질방도 웬만하면 큰 곳으로 가는 게 좋겠다, 사람 많은 데서 행패 부리진 못하겠지. 거기까지 생각하고 버스정류장에 섰더니 마침 초대형 쇼핑몰에 24시간 초대형 찜질방이 오픈했다는 광고가 붙은 버스가 섰다. 유리는 더 생각할 것 없이 버스에 탔다. 쇼핑몰이라니 패스트푸드점도 있을 것이고 사람도 많을 것이다.

사람들이 다 타자 버스가 출발했다. 버스정류장 옆 건물 앞에 주차되어 있던 차가 그곳을 빠져나와

버스를 쫓기 시작했다.

　해가 졌다. 미하일은 눈을 뜨고 일어났다. 그는 침실에 응접실이 하나로 합쳐진 평범한 객실 침대에 옷을 입은 채 누워 있었다. 침대에서 조금 떨어진 소파에 앉아 있던 남자가 미하일을 보고 일어섰다. 살짝 말린 금발 곱슬머리에 희면서도 잡티 없는 피부에 사랑스러운 눈코입이 합쳐져, 보통 사람들이 천사 같다고 생각할 만한 젊은 청년이었다. 특유의 딱딱한 표정만 빼면 미하일과 매우 닮기도 했다. 미하일이 쳐다보자 청년은 가볍게 고개를 끄덕이고 보고하기 시작했다.

　"천사는 오전 8시 이전에 집을 나가 아직 돌아오지 않았습니다. 그사이 연고가 있는 공간을 조사해 보았지만, 일터에는 며칠간 나오지 못한다는 연락만 왔고, 학교에선 일거리만 받아 갔다고 했습니다. 이후 인근 쇼핑몰로 향했습니다. 실시간으로 추적 중입니다."

　미하일은 보고받으며 양복 웃옷을 입었다. 청년은 자연스럽게 미하일 앞에 서더니 와이셔츠 단추를 끝까지 채우고 넥타이를 매주었다. 미하일 또한 더없이 자연스럽게 시중을 받으면서 물었다.

"방해 요소가 있나?"

"천사를 추적하는 인간 무리가 있습니다. 폭력적 성향이 다분한 청년층과 장년층으로 이루어져 있고, 그중 하나는 천사와 가족관계가 있는 인물이라고 합니다."

"인간은 신경 쓸 필요 없어. '소유물'을 만들어가면서 천사를 쫓는 자가 일족 내에 있다. 그런데 우린 그게 누구인지도 모르고, 그자가 천사에 대해 얼마큼 알고 있는지, 잡아서 어쩔 작정인지도 몰라. 소유물이 하려 했던 짓을 생각하면 천사를 제거하려는 목적일 가능성이 제일 크지만. 생각보다 위험한 상황이다."

"우리 쪽에서 먼저 천사를 제거하면 일이 쉽지 않습니까?"

잘 맞는지 보려고 청년이 넥타이를 당기자 미하일은 한쪽 눈썹을 찡그렸다.

"너무 아깝잖나."

"하긴 그렇군요. 아직 아무런 변화도 나타나지 않았으니."

40

"과실이 익을 때까지 둬봐야지."

미하일은 매무새를 마무리한 후 명령했다.

"우리를 가져와, 루치안. 바로 찾아간다."

"알겠습니다."

루치안은 금세 미소를 지우고 고개를 끄덕였다.

루치안이 가져온 것은 평범해 보이는 케이지였다. 차 같은 것을 타고 이동할 때 고양이나 개를 넣는. 그러나 그 안에 있는 것은 분명한 형태가 없는 까만 안개 같은 것이었다.

미하일은 그 앞에 서서, 손톱을 키우더니 익숙하게 손목을 그었다. 곧 피가 샘물처럼 솟아 나왔다. 피는 바닥에 떨어지지 않고 가스처럼 변해서 우리 속의 안개 덩어리에 흡수되었다. 어느 정도 피를 흡수하자 어둠 속에서 전등이 켜지듯 안개 덩어리 안에 붉은빛이 두 개 나타났다. 점점 더 많이 흡수할수록 안개 덩어리는 네 발 달린 동물의 형태를 띠어 갔다. 마침내 실체감이 확실해졌을 때는 위로 바짝 솟은 꼬리, 쫑긋이 선 세모난 귀, 앞으로 길게 돌출된 주둥이로 인해 날렵한 사냥개처럼 보였다.

미하일이 루치안에게 눈짓했다. 루치안은 되도록

가까이 가고 싶지 않은 듯한 자세로 우리 문을 열었다. 소리도 없이 그 어둠의 사냥개가 밖으로 걸음을 내디뎠다. 미하일은 한쪽 무릎을 꿇고 개와 눈을 맞췄다. 잠시 둘 사이에 긴장감이 오가더니, 곧 아직 피가 흘러내리는 미하일의 팔목 쪽으로 개가 다가갔다. 개가 피를 핥기 시작하자 미하일은 나머지 한쪽 무릎도 꿇으며 무너지듯이 주저앉았다. 루치안이 놀라서 다가왔다.

"주인님?"

"괜찮아. 요새 보충도 안 하고 피를 너무 자주 쓴 것 같긴 하군."

미하일의 목소리는 흔들림이 없었으므로, 루치안도 곧 냉정을 되찾았다. 미하일은 개의 머리를 쓰다듬으면서 부드럽게 말했다.

"자, 내 피에 섞인 침입자. 그걸 쫓아라."

개는 아무 반응도 보이지 않고 그저 끈기 있게 피만 핥더니 고개를 들었다. 그리고 바깥을 향해 날카롭게 짖었다. 미하일과 루치안이 무엇이 있나 보려고 고개를 돌리자, 핏빛 화살처럼 개가 창문을 향해 튀어 나갔다.

4

  넓고 사람도 없고 좋았다. 평소 같으면 그렇게 생각했을 것 같았다. 그러나 유리는 당황스러웠다. 버스를 타고 온 쇼핑몰은 광고로 봤던 것과는 달리 사람이 별로 없었다. 건물만은 광고 그대로였고, 예상한 것 이상으로 크고 넓었다. 그러나 단지를 이루는 쇼핑몰과 그 외 다른 건물들 사이 간격이 넓었다. 패스트푸드점은 영화관이 있는 엔터테인먼트 몰 쪽에 있었는데 찜질방은 이상하게도 외따로 떨어진 건물 꼭대기 층이었다. 그 건물에 찜질방 말고는 유리가 평생 걸려도 찾아올 일 없을 것 같은 건축자재 도매

상이 입주해 있었다. 너무 종합적이다 못해 컨셉을 알 수가 없었고, 그래서인지 입주한 가게도 많지 않았고, 결과적으로 한산한 것이었다. 사람이 많은 것은 그나마 그 찜질방뿐이었다. 아마 주위에 쇼핑몰과 영화관은 있는 반면 찜질방과 같은 휴양시설은 없어서 상대적 우위를 점한 모양이었다. 유리는 패스트푸드점에 갈 계획을 포기하고 그냥 낮부터 그곳에서 죽치기로 했다. 주간엔 더 싸고, 12시간까지 추가 비용 없고, 그 이후로 시간당 추가로 돈을 더 내야 했다. 유리는 두 번 돈을 내는 것과 24시간 있으면서 추가로 돈을 내는 것 중 어느 게 더 싼지 무의식적으로 계산하다가 헛웃음을 지었다.

"기분 별로네."

그러나 금세 떨치고 유리는 건물 안으로 들어갔다. 찜질방으로 직행하는 엘리베이터 말고는 광고판으로 막혀 있어, 폐허에 들어가듯이 을씨년스러웠다. 엘리베이터 크기나 시설은 정말 호화로워서 대비가 심했다.

일단 직원들이 다니는 데다 여자들만 들어올 수있는 구역인 탈의실과 사우나로 들어가니 긴장이 풀렸다. 유리는 작업을 하려던 생각은 머릿속에서 한 쪽으로 밀어버리고, 사우나부터 습격했다. 혼자 살면서는 겨우 샤워나 하다가 뜨거운 탕과 사우나에 들어가자 온몸이 나른해졌다. 최신 시설이라서 월풀 기능으로 수압 마사지도 받을 수 있었고, 버튼을 누르면 분수가 솟는 곳도 있었다. 유리는 마치 놀이공원에 온 것처럼 부지런히 이 탕에서 저 탕으로, 이 사우나에서 저 사우나로 오갔다. 그리고 온몸이 새빨갛게 달아올라서 기분 좋게 물기를 닦고 머리와 몸을 말렸다. 아까는 머릿속 구석으로 숨은 것 같았던 작업 생각은 이제 아예 머리 밖으로 나간 것 같았다. 유리는 찜질복을 입고는 찜질방이 아니라 수면실로 들어가 자리를 잡았다. 별로 한 건 없지만 계속 긴장하고 있었는지 이상하게 피곤했다. 낯선 곳인데다 주위에 코 고는 사람도 있어 잘 수 있을까 걱정했지만 유리는 베개에 머리를 대자마자 잠들었다.

"어둠 속에는 말이다, 사람보다 더 큰 능력을 가지고, 사람보다 더 오랫동안 살아온 존재들이 있단다."

목소리가 들렸다.

"사람들이 알면서도 옛날이야기로만 생각하는 존재, 여기가 아닌 다른 세상에서 온 그런 존재들 말이지. 정말이란다. 짐승의 털가죽을 뒤집어쓰고 짐승으로 변하는 주술사들이나, 하룻밤 동안 내내 솥 주위를 돌면서 주문을 외워서 번개를 불러오는 마녀들이나, 숲 한가운데에서 둥그렇게 원을 그리며 노는 요정들과 흉측한 난쟁이들……. 그런 것들은 그저 그분들을 섬기는 미천한 존재일 뿐이지. 그분들은 밤의 제왕이란다. 언제나 인간을 매혹시킬 줄 아는 제왕. 오랜 세월을 쌓아 온 그 눈을 보고 압도당하지 않는 인간은 없을 거야. 그 세월만큼 인간보다 월등한 지혜를 품고 있기도 하지. 게다가 무엇보다도 무서운 것은, 그분들은 늙지도 죽지도 않을 거라는 점이란다."

엄마의 목소리였다. 다정하고 매끄러웠던 목소리가 조금 쉬어 있었다.

유리는 이게 꿈이라는 걸 알았다. 이상하게도 이 장면 이전에는 기억이 없었지만 이 장면만은 계속 꿈을 꿨다. 열두 살 이후로 수도 없이 꾸었던, 기억인지 환상인지 모를 꿈. 너무 많이 꾼 나머지, 다음에 엄마가 할 말이 뭔지 하나하나 기억할 정도였다.

"하지만 그분들은 아주, 아주 불행했어. 왜인지 알아? 모두 고향에 가지 못하고 이곳에 강제로 남았거든. 버려진, 남겨진 거지."

그때 처음 보는 광경이 눈앞에 펼쳐졌다. 커다란 길짐승과 날짐승 들이 활개치고, 못지않게 큰 식물들이 하늘을 찌르는 가운데 중간에 이질적으로 자리 잡은 정원이었다. 봄부터 가을에 이르는 모든 꽃이 활짝 피어 있고, 군데군데 심어진 나무들은 모양이 예쁘게 다듬어져 있었다. 이 모든 것을 흰 옷을 입은 아름다운 남녀가 돌보고 있었고, 빛으로 덮여 잘 보이지 않는 이들이 그 광경을 즐기는 것처럼 보였다. 이대로 꿈이 다르게 흘러가려나 하는데, 풍경 위로 엄마의 목소리가 겹쳤다.

"그분들은 제왕이고, 이곳은 본디 환락경이었으니 여기 남았다고 해서 별일 아니었어."

빛이 사라지고 나서도 그 광경은 한동안 유지가 됐다. 그러나 그곳을 돌보던 이들의 수가 점점 줄어들더니, 무성한 자연이 그곳을 덮쳤다.

"하지만 언젠가부터 그분들은 해가 뜬 하늘을 똑

바로 보지 못하고, 먹을 것도 제대로 먹을 수 없었어. 타들어가고, 굶주렸어."

광경은 사라지고, 원래의 꿈으로 돌아왔다. 다음 차례는 유리의 대사다.

어려서, 착해서, 어쩔 줄 몰라 하며 유리가 묻는다.

"그럼 어떻게 해?"

답을 들었지만, 기억하지 못했고, 꿈에서도 나오지 않았다. 그저 그때부터 엄마의 목소리가 열에 들뜨고 높아졌다. 알아들을 수 없을 만큼 높아지고 빨라졌다.

"유리야! 내 말 잘 들어! 넌 네 기억을 불러내야 해! 네 의무를 기억해야 해! 너는……!"

세상이 흔들렸다. 목소리가 다른 소리에 덮였다. 내리치는 천둥, 온 사방을 눈멀게 하는 번개, 높이 울부짖는 맹수의 소리. 그것이 지나가자 남은 건 짐승의 눈이 내뿜는 한 쌍의 붉은 원과 길고 긴 그림자뿐이었다.

그리고 냄새.

유리는 눈을 떴다. 코에 맴도는 냄새가 그 짐승들

의 고약한 누린내가 아니라, 개장한 지 얼마 안 되어 아직도 남은 건축재의 냄새, 새집 증후군을 부르는 냄새란 걸 알았다. 그러나 그 사이로 좀 더 고약한 냄새가 떠다녔다. 멀리에서부터 시끌벅적한 소리가 아련하게 들리더니, 땅이 잔잔하게 울리기 시작했다. 그리고 한발 늦게 이 모든 것을 설명하는 소리가 선명하게 울렸다. 화재 경보.

유리는 벌떡 일어났다. 찜질방에 있었던 것도 아닌데 자기가 땀을 흠뻑 흘리고 있었단 사실을 알았다. 베개로 쓰던 수건으로 땀을 닦으면서 나갔다. 그러나 나가면서 잠깐 돌아보았다가, 아직도 누워 있는 사람이 있는 걸 발견하고 멈췄다. 빨리 안 나가면 불은 아니라도 가스에 질식할 거라는 생각이 들자 유리는 수건을 입에 대고 그쪽으로 뛰어갔다.

"아줌마! 일어나요!"

어지간히 깊이 잠드는 스타일인 모양이었다. 아니면 가스에 민감해서 벌써 기절한 건지도 모르겠다고 생각하자 더 급해졌다. 유리는 여자를 세차게 흔들었다. 유리보다 약 15센티미터쯤 작고 마른 여자는 어깨에 닿을락 말락 한 단발이었고, 옆에는 안경이 놓여 있었다. 유리는 여자가 깨어나는가 싶자 안경을 집어 여자의 바지 주머니에 넣어주고, 부축해서 일으켜 세웠다.

"앗, 아니지, 숙여요! 수건으로 입 가리시고!"

그리고 앞에서 끌고 가려고 가는데 여자가 유리의 손목을 잡았다. 손톱이 긴 모양인지 피부가 따가웠다.

"거기 잡지 마시고, 손 잡아드릴 테니까……"

여자를 안심시키려고 뒤돌아보자, 두 팔과 두 다리가 달려 이족보행을 한다는 것 말고는 인간과 아무 공통점이 없는 괴물이 유리에게 달려들었다. 시뻘겋게 핏줄이 터진 눈은 위아래 눈꺼풀이 모두 젖혀져 안구가 모두 드러났고, 코는 해골처럼 커다란 구멍 두 개만 남고 썩어 뭉개졌으며, 이빨은 하이에나나 늑대 이빨처럼 송곳니가 돌출하고 위아래가 모두 뾰족한 형상이었다. 유리는 아주 잠깐 동안 이 급격한 변신에 놀라 아무 반응도 보이지 못했고, 괴물은 그 순간을 파고들어 유리의 목을 노렸다. 오랫동안 단련해온 반사신경으로 유리는 몸을 낮췄다. 그리고 괴물의 발목 쪽을 두 다리로 밀어내며 균형을 무너뜨렸다. 괴물이 양팔을 뻗친 채로 엎어졌다. 유리는 뛰었다.

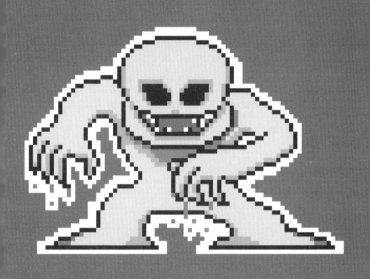

종아리에 화끈한 느낌이 들었다. 무시했다. 지금은 뛸 수밖에 없었다.

아주 잠깐 짐 때문에 머뭇거렸다. 그러나 다음 순간 찜질방으로 연결된 문이 열렸고, 찜질복의 색깔로만 예전에 남녀였다는 걸 알 수 있는 괴물들이 줄줄이 걸어 나왔다. 유리는 머뭇거릴 수 없다는 걸 알았다. 그들이 냄새를 맡듯이 킁킁거리더니 유리에게로 걸어오기 시작했다.

유리는 뛰었다. 도망가는 시위대의 첫 번째 사람 같기도 했고, 사람들에게 쫓겨 달아나는 축제의 소 같기도 했다. 같은 옷을 입은 사람들이 맨발로 뒤를 따른 풍경이. 다만 그들이 이미 사람이 아니라 괴물일 뿐.

열쇠를 든 채로 빠져나왔기에 유리가 입구를 빠져나가자 엄청나게 큰 경고음이 울렸다. 직원들이 뛰어나왔다. 그러나 계산하지 않고 달아나는 사람을 잡으러 나온 것이 아니라 단 하나 남은 인간을 잡으러 온 괴물이었다. 유리는 맨발로 시멘트 바닥을 밟았고, 크게 뛰어올라 앞을 가로막은 직원 옷을 입은 괴물들을 뛰어넘었다. 발목이 부러질 것처럼 시큰거렸지만, 한순간이라도 멈추면 오체분시를 넘어 갈기 갈기 찢길 것 같은 공포에 계속 절뚝거리며 뛸 수밖에 없었다. 뒤쪽으로 줄줄이 경고음이 들려, 괴물들의 군단이 다가왔음을 알 수 있었다.

엘리베이터가 있는 곳까지 갔을 때 마침 엘리베이터가 올라왔다는 등이 깜박거렸다. 유리는 긴장하면서 그 앞에서 기다렸다. 순간적으로 행동 방침을 정했다. 비었다면 탄다, 사람이 탔다면 안으로 밀어 넣고 탄다, 괴물이 탔다면 옆에 있는 비상계단으로 뛴다.

엘리베이터 문이 열렸다. 지난번에 술 취한 남자에게서 구해준 남자와 또 다른 남자가 서 있었다. 둘다 평범한 인간으로는 보이지 않았지만, 뒤에서 달려오는 이들처럼 보이지도 않았고, 무엇보다 구해준 남자가 유리를 알아보며 인사를 하려 했다. 적어도 그는 정상적인 상태였다. 반갑게 얼른 엘리베이터에 타려는데 남자 뒤로 무언가가 나타났다. 엘리베이터 조명이 털을 따라 흘러 새까만 보석으로 만든 것처럼 보이는 커다란 개였다. 키가 성인 남자 허리를 넘는, 단순히 커다란 게 아니라 거대한 개였다. 개가 아니라 개를 닮은 다른 맹수처럼 보이기도 했다. 어쩌면 늑대…….

유리는 갑자기 아무 생각도 하지 못하고 비명을 질렀다. 그리고 맹목적으로 뛰어 옆에 있는 비상문을 박차고 나갔다. 도망가야 했다. 무서운 늑대로부터, 꿈속의 눈동자로부터.

다시 솟아올라 저것을 죽이고 싶어 하는 새빨간 분노로부터.

"쫓아가서 보호해. 여기를 처리하고 뒤따라가겠다."

미하일이 말했다. 루치안은 비상계단으로 갔다. 개는 미하일을 올려다봤다.

"블러디, 너도."

블러디는 잠깐 귀를 쫑긋했지만 곧 그 말을 따랐다. 미하일이 그들과 반대 방향으로, 즉 찜질방 쪽으로 걸음을 내디뎠을 때는 이미 괴물의 무리가 다가온 뒤였다. 처음 유리가 변신을 목격했던 때로부터 더욱 변신이 진행되어, 피부가 흙색을 띠고 여기저기 털이 빠지는 괴물들이 많았다. 미하일은 허리춤에 손을 갖다 대고 무언가 잡고 뽑는 동작을 했다. 아무

것도 없던 공간 위로 희고 장식 없는 장검이 미하일 손에 쥐여 미끄러져 나왔다. 미하일이 검신을 눈으로 한 번 훑자 검신이 붉디붉은 불길에 휩싸였다. 원래의 검신보다 조금 더 긴 횃불을 든 것 같았다. 그러나 그 불은 금방 꺼졌다.

"까탈스럽기는."

미하일은 한숨을 쉬며 말했다. 그리고 다시금 마음을 가다듬고 준비운동을 하듯 제자리에서 가볍게 두 번 뛰더니 큰 걸음으로 그 무리 사이에 뛰어들었다.

그것은 싸움이라기보다는 요리 장면 같았다. 미하일은 왼쪽부터 오른쪽까지 빼놓지 않고 괴물들의 머리를 갈랐다. 팔을 어느 쪽으로 비트느냐, 위로 드느냐 아래로 돌리느냐에 따라서 남은 조각들은 크기와 모양이 차이가 났지만 인간믹서기처럼 미하일이 지나간 이후에는 모든 괴물이 무릎을 꿇고 앞으로 철퍼덕 쓰러졌다. 쓰러진 시체들이 쌓이다 보니 다리가 꼬이면서 앞으로 채 가지도 못하고 걸려 넘어진 괴물들도 생겼는데 미하일은 그런 것까지 놓치지 않고 검을 꽂았다.

그렇게 한차례 처리하고 괴물들이 쓰러진 위에 서 있자, 검은 옷을 입은 건장한 남자 하나가 커다란 보폭으로 뛰어오는 것이 보였다. 한순간 그자가 몸을 틀면서 마치 회오리처럼 덮쳐 들어왔다. 미하일은 간단한 동작으로 천장에 발을 대고 거꾸로 섰다. 회오리는 아주 약간 지나쳐서 다시 인간 형상이 되더니 천장으로 손을 내뻗어왔다. 손은 상반신만큼 길고 날카로운 괴물의 앞발이 되었고, 천장을 두부처럼 긁어냈다. 미하일은 그 공격이 오기 전에 이미 내려와 있었고, 남자의 팔을 경쾌하게 잘랐다. 괴물 같은 그 손은 잘리고도 한동안 미하일을 향해 허공을 움켜쥐었지만 곧 기운을 잃고 시체들 위로 떨어졌다.

남자는 잘린 손으로 다시 새로운 손을 키워내려는 듯 힘을 주었지만 아무 일도 일어나지 않았다. 혼란과 분노에 차서 남자가 미하일을 보았고, 미하일이 쥔 검을 보았다. 가장자리가 깨진 종소리 같은 목소리로 남자가 절규했다.

"감찰관이 어째서!"

"이런 일을 벌여놓고도 몰라?"

딱히 대꾸하려는 것도 아닌 듯 혼잣말처럼 중얼

거리며 미하일이 남자에게 접근했다. 외팔로 남은 것에 심리적으로 충격을 받은 남자는 멍하니 미하일을 바라보기만 했다. 그러다 발작하듯이 소리쳤다.

"아, 아냐! 내가 아니라!"

미하일은 군더더기가 전혀 없는 단순한 동작으로 남자의 목을 베어 넘겼다. 그리고 바로 몸을 틀어 심장에 검을 꽂았다. 수천 번, 수만 번 한 듯 나른함마저 느껴지는 동작으로.

그러나 남자의 심장에 검을 꽂자마자 미하일은 눈썹을 찌푸렸다. 주위에 아무런 변화가 느껴지지 않았다. 미하일은 난폭하게 검을 뽑아냈다.

인간 남자들의 무리가 뛰어오는 것이 보였다. 조금 시선을 옮기자 막 건물을 빠져나와 뛰고 있는 유리의 모습이, 맨발에 맺힌 피가 보였고, 그 뒤로 거리를 유지하면서 쫓아가는 루치안과 블러디가 보였다. 그리고 인간 남자들의 무리 뒤쪽으로 비정상적인 고요와 어둠의 장막이 죄어오는 것도 보였다.

미하일은 혀를 찼다. 그리고 창문으로 그대로 몸을 날렸다. 그의 몸이 밤하늘로 녹아들며 온데간데없이 사라졌다.

5

유리는 아까부터 발이 상당히 따갑다고 생각했다. 종아리에서 뭔가 타들어 가는 냄새가 났다. 목에 둘렀던 수건은 날아간 지 오래였다. 몸에 걸친 건 찜질방 면 셔츠와 반바지 한 장씩뿐이었다. 아스팔트는 아니지만 보도블록 위를 뛰는 맨발에 상처가 났는지 따가웠고 몸에 땀이 나는 동시에 밤의 냉기가 땀을 증발시키면서 팔다리가 차가워졌다. 머리카락 속은 흠뻑 젖었지만 땀방울은 새어 나오지 않았다. 이 모든 정보를 종합하면 아까 쓰러지고도 남았을 상태였지만, 유리는 몸이 내보내는 모든 고통과 경고를 한층 멀리 떨어진 것처럼 아련하고 어렴풋하게 느끼면서 계속 뛰었다. 눈으로 보고 귀로 듣고 피부로 와닿는 것들보다도 내부에서 휘몰아치는 어둠과 공포, 분노와 살의가 더욱 직접적으로 느껴졌다. 뒤에서 다가오는 어둠의 늑대가 덮쳐 올 것이, 그것을 자기가 죽일 것 같은 기분이 더욱 무서웠다. 그 사실들로부터 도망칠 수만 있다면 뛰다가 다리가 부러져도 멈출 수 없었다.

유리는 자기도 모르는 사이에 초대형 쇼핑몰을 벗어났다. 아직 공사가 다 끝나지 않은 옆길을 가로질러 한강 지류의 지류가 시냇물처럼 졸졸 흐르는 자전거길로 내려갔다. 그 길을 뛰다가 무작정 왼쪽으로 건너가자 재활용 쓰레기를 가져와서 압축하고 처리하는 쓰레기장이 나왔다. 희미한 썩는 냄새가 선명하게 다가올 때까지도 유리는 좀처럼 멈추려 하지 않았다.

유리를 찾으러 왔던 삼촌과 그 친구들은 오히려 더욱 당황했다. 처음에는 그저 위협이나 하려고 찾았지만 유리의 생각대로 사람이 많은 곳에서는 그러기가 힘들어서 기다리던 참이었다. 그러다가 웬일로 혼자 밖으로 나왔다 싶었더니 이번엔 뒤도 돌아보지 않고 미친 듯이 뛰는 것이다. 유리 삼촌은 잠깐 아무 생각도 못 하고 어버버거렸다. 주위에 경험 풍부한 사람들이 소리 질렀을 때야 겨우 다리를 움직였다.

"뭐 해! 쫓아! 잡아!"

폭력배들이 마치 사냥을 하거나 다른 패거리와 싸움을 할 때처럼 셋으로 나뉘어서 뛰기 시작했다. 그들이 뛰기 시작하자 양복 상의가 펄럭이면서, 허리춤에 꽂아둔 각목과 파이프 같은 '연장'들이 눈에 띄었다. 유리 삼촌은 여자애 하나 잡자고 이러냐는 말을 하고 싶었지만 그들의 흉흉한 기세에 입을 다물었다. 그들을 따라 뛰려고 하니 말을 하다가는 혀를 깨물 것 같기도 했다.

유리는 물속에서 갑자기 수면 위로 떠오른 듯이 정신이 들었다. 이제까지 희미하게 보이던 주위 광경이 눈에 들어오기 시작했고, 발의 아픔도 바늘처럼 날카롭게 찔러왔다. 유리는 자기도 모르게 다리가 꺾이는 것을 느꼈다. 폐가 터지지 않은 게 이상할 정도로 숨을 몰아쉬고 있었다.

"유리 씨?"

섬세하고 다정한 목소리가 들렸다. 경계하면서 몸을 일으키려고 했지만, 한번 힘을 놔버린 다리가 말을 듣지 않았다. 유리는 간신히 고개만 돌려 목소리의 주인을 확인했다. 아까 엘리베이터에서 봤던 두 번째 남자였다. 날 때부터 달콤하고 부드러웠으며 사람을 꼼짝 못 하게 만드는 마력을 타고났으리라는 생각이 드는 목소리였다. 목소리에 담긴 마력이 너무나 강력해서, 그 사람 뒤로 나타난 늑대를 보고도 유리가 이성을 유지할 수 있을 정도였다. 이제 유리는 그것이 늑대가 아니라 개라는 것을, 그리고 그때 보았던 붉은 눈동자가 아니므로 유리가 무서워하던 그 생물은 아닐 거라는 사실을 깨달을 수 있었다. 깨달았더라도 몸은 계속 덜덜 떨렸다. 두려움인지 분노인지 모를 것이 몸에서 빠져나가질 않았다.

"저는 루치안이라고 합니다. 저번에 보신 외국인 남자의…… 친구지요."

유리는 입을 떼지 못했다. 묻고 싶은 게 많았는데. 지금 입을 뗐다가는 꿈속에 들었던 소리처럼 자신도 으르렁거리며 인간이 아닌 소리를 낼 것 같았다.

루치안은 모든 걸 다 이해한다는 표정으로 유리 쪽으로 손을 내밀었다.

"안전한 곳에 가면 뭐든지 다 답해드리겠습니다. 지금은 많이 다치셨어요, 부디 치료부터 할 수 없을 까요?"

듣기만 해도 포근하고 달콤한 목소리. 진심 어린 걱정이 담긴. 그러나 유리는 마치 자장가처럼 휘어잡 으려는 그 목소리에 빠져들지 않기 위해서 고개를 흔들었다. 루치안은 얼굴을 살짝 찡그렸다가 다시 활짝 웃었다.

"해치지 않습니다. 보호하려는 겁니다."

"싫어요. 됐어요."

유리는 간신히 두 마디만 내뱉었다. 그러면서 이 상하게 생각했다. 왜 저 사람은 더 가까이 다가오지 않고 저렇게 떨어진 곳에서 손만 내밀고 있는 건지, 저렇게 달콤한 목소리를 들으면서 자기는 어떻게 거 부할 수 있는 건지, 어째서 거부하는 것만으로도 온

몸에 힘이 들어가는지.

그때 "까!"라는 날카로운 외침이 울려 퍼지더니 주위에 재활용 쓰레기 더미 뒤에서 검은 옷을 입은 남자들이 우르르 몰려나오기 시작했다. 손에는 하나씩 흉기들을 들고 있었다. 마치 결전을 벌이듯이 눈에 핏발을 세운 폭력배들이 한꺼번에 몰려오기 시작하자 유리도 루치안도 당황했다. 그들 사이에서 유리 삼촌이 소리쳤다.

"유리야! 도망쳐! 이 사람들 제정신이 아니다!"

"삼촌? 도대체 또 어떻게……."

분노에 제정신이 들었다. 유리는 소리치면서 삼촌 쪽으로 삿대질하려고 했다. 그 순간 주위의 막이 깨지는 듯한 느낌이 들었다. 누군가가 뒤에서 유리 몸에 팔을 감아 꼭 품듯이 안았다. 다음 순간 유리는 그 광경들을 매우 높은 곳에서 바라보고 있음을 깨달았다. 폭력배들이 사방에서 몰려오고, 그 사이에 삼촌이 끼어 있는 광경. 그곳에 루치안과 개는 이미 없었다. 폭력배들은 주저 없이 중앙에 유리가 있던 곳을 덮쳤고, 그곳에 있어야 할 유리가 없자 가장 먼저 닿은 사람을 무턱대고 패기 시작했다. 상대를 가리지 않는 난투극이 벌어졌다. 그 사이에서 무력하게 피투성이가 되어가는 삼촌이, 그 높은 곳에서도 똑똑히 보였다.

"삼촌! 삼촌! 이거 놔!"

"내려가면 죽을 텐데."

유리는 자신을 안아 들어 비현실적인 높이로 뛰어오른 사람이 어디에 있는지 몰랐던 구면의 외국 남자라는 걸 알았다.

유리는 바둥거렸다.

"당장 안 놔주면 그냥 여기서 떨어져 죽어버리겠어! 놔!"

혀를 차는 소리가 들렸다. 유리는 배가 울렁거리는 것을 느꼈다. 갑자기 높은 데서 떨어지는 놀이기구를 탔을 때 같은 기분이었지만, 너무 빨라서 눈으로는 그 격차를 느끼지 못했다. 그저 올라갔을 때와 마찬가지로 내려오고 나니 주위 풍경이 바뀌어 있을 뿐이었다.

유리는 땅에 내려왔다는 것을 확인하자마자 미하일의 품에서 뛰어나가 싸움 한가운데로 뛰어들었다. 미하일은 다시 한번 혀를 차더니 그 뒤로 따라

붙었다. 너무나 조용히 기척 없이 따라붙은데다 삼촌에게 정신이 팔려서 유리는 알아채지도 못했다. 그러나 그 광경을 조금 멀리서 바라볼 수 있었던 사람들에게는 좋은 구경거리가 펼쳐졌다.

유리가 삼촌 쪽으로 뛰어들었을 때 삼촌을 잡고 있던 건장한 20대 깍두기남은 이상한 바람에 밀려 얼굴을 잔뜩 구기며 나가떨어졌다. 유리가 피투성이가 된 삼촌을 받아 안고 질질 끌고 나오는 동안 누구도 방해하지 않았다.

이 광경을 밖에서 보기엔 이랬다.

유리가 삼촌 쪽으로 뛰어들었을 때 미하일이 팔을 앞으로 뻗었다. 삼촌을 잡고 있던 건장한 20대 깍두기남은 그 팔로부터 나온 바람에 밀려 뒤로 나가떨어졌다. 유리가 피투성이가 된 삼촌을 잡았을 때, 좀 전에 나가떨어진 깍두기남의 동료 둘이 각목과 파이프를 들고 달려들었다. 그러나 그 각목과 파이프는 유리의 뒤쪽으로 미끄러지듯이 돌아간 미하일의 등에 맞으며 동강이 났다. 그 옆을 틈타 찔러 들어오는 폭력배는 미하일이 옆으로 차올린 발에 맞아 축구공처럼 날아갔다. 아예 덩치로 압박하려

달려든 두 거구는 미하일을 잡지도 못하고 돌벽에 부딪혀 미끄러지듯이 주룩 나가떨어졌다. 이후로 사방에서 달려드는 인간들은 모두 미하일의 손등 또는 손목 또는 팔꿈치 또는 무릎만 구경하고 의식을 잃었다.

어느 한순간 미하일의 팔이 천수관음상처럼 보일 정도로 빠르게 움직이자, 대책 없이 달려들던 폭력배들 사이로 술렁거림이 퍼져나갔다. 그 술렁거림은 보통 사람들 사이에서 입에서 입으로 전해지는 것보다는 나무들 사이로 바람이 부는 것과 비슷했다. 조금씩 덜컥덜컥 사람들의 동작이 부자연스러워지더니 이윽고 완전히 멈췄다. 그러자 꼭 밀랍 인형을 놓은 박물관이나 공포의 집 같았다.

그러나 그런 감상을 느낄 유일한 사람인 유리는 삼촌의 상태를 보느라 아무것도 보지 못했다. 가장 가까이 있는 미하일의 옷자락을 붙잡고 소리 질렀다.

"구급차 불러요! 119! 핸드폰 있죠?"

미하일은 잠시 아무 대답 안 하고 팔짱을 낀 채 유리를 내려다보기만 했다. 유리는 버럭 화를 냈다.

"말을 해요, 말을! 지금 사람이 죽어가잖아요! 안

보여요?”

　“너야말로 누가 이런 일을 자초했는지 안 보이는가?”

　루치안의 한숨 소리가 들려왔지만 미하일은 딱딱하기 그지없는 말투를 고수하면서 유리를 계속 내려다봤다.

　“이 폭한들을 데려온 것은 이자다. 너와 피가 섞였다고 주장하는 자 말이다. 얼마 전까지만 해도 이자를 피해 외국으로 도망가고 싶다고 생각하지 않았던가?”

　“뭐야? 난 그런 말 한 적 없는······! 설마, 당신 날 스토킹하고 있었던 거야?”

　미하일은 황당하다는 듯이 유리를 내려다보았다. 지금 그 이야기에서 그런 결론이 왜 나오냐고 묻는 듯한 얼굴이었지만 유리는 자신의 논리적 비약을 전혀 눈치채지 못했다. 물론 미하일이 눈으로 행사하는 압력에 굴하지도 않았다.

　“그래! 그건 그냥 그렇다 쳐! 지금 중요한 건 그게 아니니까! 어떻게, 사람이, 사람이 죽어가는데!”

　마구 삿대질하면서 화를 냈는데 너무 화가 나서인지 뒷말을 잇지 못했다. 단어가 생각이 나지 않았다. 뒤에서 루치안이 통역을 하듯이 말을 이었다.

"어떻게 사람이 죽어가는데 옛날 일을 꺼내고 잘 잘못을 따지냅니다."

"그래, 맞아!"

유리는 아주 숨통이 트인다는 듯이 소리를 쳤다. 그러나 미하일은 팔짱을 풀지도 않았고, 전혀 납득한 표정이 아니었다.

"그럼 이런 때 따지지 않으면 언제 따진단 말인가? 일단 살려놓고 보겠다? 이제까지 네가 그런 식으로 처신했기 때문에 이 인연이 이렇게 질기게 이어져 온 거 아닌가? 모질게 보이더라도 합리적으로 처신하고 결정해야 할 때가 있는 법이다. 지금 떨치지 않으면 계속 너는 이자에게서 못 벗어날 것이다."

"아우, 답답해! 당신 사람 맞아? 어떻게, 지금, 그게 말이……."

또 유리가 말이 자기 맘대로 안 뽑혀 나와서 버벅대자 루치안이 뒤를 이었다.

"합리적으로 처신하고 결정하는 것보다 먼저 생각해야 하는 인간의 도리가 있는 거랍니다."

"그래, 맞아!"

유리가 다시 시원한 듯이 소리를 치자 루치안은

68

은근히 미소를 머금었다. 그러나 그 뒤에 유리가 한 말에 얼굴이 굳었다.

"근데 그거 기분 나쁘거든? 버벅대든, 오래 걸리든 내가 이야기할 테니까 당신은 가만히 있어!"

"풋."

이번엔 계속 굳은 얼굴을 할 것만 같았던 미하일이 바람 빠지는 소리를 냈다. 미하일은 웃었다는 게 자기도 믿기지 않는 듯 황급히 얼굴을 수습하려 했지만 더욱 거세게 일어난 유리의 분노 앞에 어정쩡하게 굳어버렸다.

"웃어? 웃음이 나와? 지금 사람이 죽어가는데! 핸드폰 내놔! 내가 걸 거야!"

유리는 조금 전에 상대를 스토커라고 칭했던 것과 묘하게 대조되는 행동을 했다. 즉 다 큰 남자의 몸을 서슴없이 더듬으며 뒤지기 시작했다. 그러나 미하일이 살짝 피하기만 해도 유리는 따라가지 못했고, 오히려 균형을 잃었다. 쓰러지려고 하면 미하일이 다시 잡아주었지만, 그 틈에 품을 뒤지려고 하면 다시 놓았기에 유리는 꼭두각시처럼 이리저리 휘둘리는 꼴이 되었다. 결국 유리가 와락 울음을 터뜨렸다.

"내놔! 삼촌이 나 걱정해준 게 오늘이 처음이란 말이야! 그냥 이렇게 죽게는 못 해!"

어린애처럼 터뜨린 울음에도 미하일은 아무 반응이 없었다. 그러나 루치안과 블러디가 살짝 나무라는 듯한 눈빛을 보이자 잠깐 눈썹을 찌푸렸다. 바로 그 순간에 유리가 미하일의 겉옷 속주머니 쪽으로 손을 쑤욱 집어넣었다. 미하일이 알아차리고 손을 뻗은 순간에 유리는 이미 품을 빠져나간 후였다. 미하일은 유리의 울음보다 이쪽에 더 충격을 받은 표정을 지었다. 유리는 눈물방울을 아직 매단 얼굴로 미하일에게 혀를 내밀어 보였다.

"울어도 반응이 없다니 이런 나쁜 남자를 봤나. 이게 그렇게 주기 싫었어요?"

그리고 답도 기다리지 않고 미하일의 핸드폰을 열어 119에 전화를 걸었다. 그러나 전화가 연결되다가 끊어졌다. 다시 걸어도 마찬가지였다. 몇 번을 더 걸어보는데 배터리가 다 된 것처럼 꺼지기까지 했다. 이상하다고 생각하면서 유리가 고개를 들어 미하일과, 그 뒤의 루치안을 보자 다들 표정이 이상했다. 원래도 창백한 얼굴들이었지만 평소의 피부색보다 더 공포나 긴장으로 바래버린 느낌이었다. 매혹적인 목소리와 사교성을 자랑하는 루치안마저 굳은 얼굴을 한 것이 유리에게 무언가 경고를 해주려는 것 같았다.

"왜 얼굴들이 굳어서 그래요, 다들? 내가 너무 날렵해서 놀랐구나? 그런데 이거 전화가 자꾸 끊어지는데 누구 아는 사람……."

"내가 그랬단다, 기운 넘치는 아가."

밤을 미끄러지는 벨벳 같은 목소리가 답했다. 그 목소리는 유리의 등 바로 뒤에서 들려왔다. 유리는 그제야 등 뒤에서부터 흘러나오는 중력을 느꼈다. 몸을 주체할 수 없을 정도로 강력한 힘이 유리를 뒤로 끌어당겼고, 땅으로 납작 누르는 듯했다. 그대로 있으면 몸이 결결이 찢기거나 알알이 분해되어 바람에 흘러갈 것 같았지만, 움직일 수도 없었다. 유리는 핸드폰을 떨어뜨렸다. 표정을 유지할 힘이 풀려 인형 같은 얼굴이 되었다. 유리의 목과 허리를 검은 장갑 낀 손이 안아 당기자, 유리는 커다란 마론 인형처럼 등 뒤의 인물에게 안겼다.

검은 옷을 입은 여자였다. 위쪽은 소매 없는 단순한 디자인이었지만 스커트 부분은 코르셋과 보정대까지 갖춘 풍성한 단을 자랑했고, 긴 검은 장갑과 흑진주가 빛나는 티아라까지 착용하고 있어, 색깔을 흰색으로 바꾸면 웨딩 촬영을 나온 신부 같았다. 얼굴은 창백하리만큼 희어 검은 옷에 확실한 대비가 되었고, 올라간 눈초리와 입술 양 끝이 동양적인 여우상을 연상시키면서도 이목구비가 시원시원해서 시선을 끄는 미인이었다. 유리는 그 얼굴을 본 적이 있었다. 급하게 학교를 빠져나올 때 눈이 마주쳤던, 강렬한 인상을 주었지만 분노도 함께 일으키고는 기억에서 사라졌던 여자였다.

여자는 개의치 않는 듯 유리를 쓰다듬으면서 향기를 맡는 듯 숨을 들이쉬었다. 아직 정신이 한 조각 정도 남은 유리가 살짝 몸서리를 치자 여자가 웃음을 터뜨렸다. 목소리와 마찬가지로 웃음소리 또한 비현실적으로 울림이 선명했다.

"제법 기개가 있구나, 아가? 기운이 이리 넘치니 정말 천년 만의 도락이라고 해도 아깝지 않겠어."

"오랜만이다, 라흐미엘, 아니, 녹수라고 해야 하던가?"

미하일이 혼자만의 세계에 빠진 듯한 여자를 지

금의 상황으로 불러오듯 인사했다. 녹수라고 불린 여자는 웃음을 지우지 않은 채 고개를 약간 돌려 미하일을 보았다.

"언제쯤 인사를 할까 생각했어, 귀여운 미카엘, 아니, 미하일이라고 해야 하던가?"

그러나 녹수가 지우지 않은 건 눈에 담긴 살기도 있었다. 미하일과 녹수가 정면으로 마주 보자 공기 중에 어둠이 퍼져가기 시작했다. 냄새도 소리도 그 어둠에 흡수된 것처럼 존재가 사라졌다. 멈추어 있던 검은 양복 차림의 폭력배들이 삐걱삐걱 움직이기 시작하더니 녹수 뒤로 정렬했다. 반면 미하일 옆에는 루치안과 블러디만 그대로 서 있을 뿐이었다. 블러디는 원래도 붉은빛을 띠고 있던 눈에서 광채를 뿜어내며 이를 드러냈다. 소리가 사라진 공간이었기에 으르렁거리는 소리는 들리지 않았다. 어둠이 만드는 이 공간 안에서 숨 쉬고 소리 내고 냄새를 만들 수 있는 것은 미하일과 녹수 둘뿐인 것처럼 보였다.

미하일이 먼저 어깨를 으쓱했다. 대수롭지 않은 몸짓이었지만 녹수가 뚜렷이 보내는 살기를 흘려버렸다.

"신경 쓰게 할까 봐 그랬지."

"배려와 예의를 구분하지 못할 정도로 우리가 안 세월이 짧던가? 실망스럽군, 미하일. 내게 먼저 와서 인사를 했으면 이렇게 마주치는 일은 없었을 텐데."

"미안하게 됐어. 단단히 벼르고 점찍은 것 같은데 그걸 몰랐군. 난 그저 쫓던 놈이 있어서."

"몰랐든 알았든, 여기는 내 영역이야."

녹수는 부드럽게 달래듯 말을 시작해서 지적하며 내리찍듯 맺었다. 그리고 자신의 강함을 스스로 너무나 잘 아는 미소로 마침표를 대신했다. 미하일은 다시 한번 그 웃음을 흘려버렸지만, 살기보다 그 미소를 넘기기가 더 힘들어 보였다.

"미하일, 갑자기 정확한 단어가 생각이 안 나는데 율법 제1조를 말해주지 않겠어? '우리는 개인의 영역과 취향에 대한 존중을 첫째로 여겨 지켜야 한다……' 다음이 뭐였지?"

"그렇게까지 말할 필요는 없어. 잘 알고 있으니까. 이번 일은 다시 한번……."

"말해!"

유리는 자신을 감싸 안고 있는 중력이 갑자기 두

배로 늘어난 것 같은 압박감을 느꼈다. 바람의 세기를 나타내는 나뭇잎처럼 검은 옷을 입은 남자들이 덜덜거렸고, 루치안과 미하일은 쓴 약을 삼키는 것 같은 표정이었다. 블러디는 이제 완연히 성내고 있었으나 여전히 소리 없는 아우성에 지나지 않았다.

"개인의 영역에서 손님은 주인을 어길 수 없으며, 손님이 정당한 이유 없이 주인의 안전과 권리를 해치거나 위협하는 경우 모두의 이름으로 이를 처단한다."

"방금 말한 것 정도는 기억할 능력이 된다고 생각하겠어. 넌 예전부터 사랑스러웠고 바보는 아니었으니까. 게다가 설마 네가……."

녹수는 미하일에게 말하면서 유리를 소도구처럼 사용했다. 사랑스러웠다고 말하면서는 뺨을 쓰다듬었지만 다음 순간 말을 강조하기 위해서 잠시 끊었을 때는 손톱을 세워 유리의 목에 갖다 댔다.

"감찰관의 역할뿐만 아니라 수호자의 의무를 '고의로' 이행하지 않는 중죄를 저지를 리가 없잖아. 그렇지?"

유리의 목에 살짝 생채기가 났다. 미하일과 루치

안은 미동도 하지 않고 서 있었다. 미하일은 그럼, 물론이지 하는 듯 천진한 미소를 지어 보이기까지 했다.

꼼짝할 수 없는 몸에 감옥처럼 갇힌 유리는 계속 온몸을 휘감고 놓아주지 않는 공포와, 그럼에도 꼭 두각시놀음처럼 빙 두른 대화를 하는 미하일과 녹수란 여자에 대한 분노로 속에서부터 끓어올랐다. 마음의 한쪽, 커다란 반쪽에서는 아무 소리 하지 말라고, 움직이거나 반항할 마음도 품지 말라고 소리쳤지만, 다른 한쪽에서는 화도 안 나냐고, 손가락 하나 움직이지 못한 채, 어떻게 될지 운명도 모른 채 인형처럼 있을 거냐고 속삭였다.

속삭임의 한가운데에는 이상한 목소리가 섞여 있었다. 이 우아한 척 대화를 나누는 짐승들을 다 없애버려야 한다. 죽여야 한다. 폐기해야 한다. 이곳을 더 더럽히기 전에.

마음의 커다란 부분을 차지하는 외침보다도, 깊은 곳에서 쉬지 않고 흘러나오는 속삭임이 더 끈질겼고, 그래서 승리했다. 유리는 온몸의 힘을 모아 녹수의 중력에서 움직이려고 했다. 손가락 하나라도,

발가락 하나라도 움직일 수 있다면! 그걸로 시작할 수 있다면!

내 이것들을 전부!

손가락과 발가락 이전에 인형처럼 고정되었던 눈이 먼저 움직였다. 민감하게 그 움직임을 알아챈 녹수는 다시금 깔깔댔다.

"이것 봐, 정말 앙큼한 아가가 아닌가? 미하일, 내 너를 새끼손가락 손톱으로 눌러 박아놓아야 마땅할 테지만, 오늘은 기분이 좋다. 이런 진귀한 아가를 맛보는 날에 괜한 찌꺼기를 끌어들이고 싶지 않구나. 놓아줄 때 가라."

"선처에 매우 감사한다, 녹수. 그런데 그 여자애에 대해 조금만 더 알려줄 수 있을까? 너처럼 각별히 고상한 취향을 매혹시키다니 흥미가 당겨서 말이야."

루치안이 그러지 말라는 듯 순간적으로 얼굴을 찌푸렸지만, 미하일은 보지 못했다. 어차피 미하일이 앞에 서 있었으므로.

"미식은 얼마나 진기하고 특별한 것인지 자랑하는 행위를 통해서 그 즐거움이 배가 된다 하였어.

내가 네게 저지른 무례를, 그 즐거움으로 보상하고
자 하는데."

녹수는 유리의 목을 조금씩 굴리면서 황홀한 듯
이 내려다보았다. 이미 날카롭게 날 선 손톱에 목이
스칠 때마다 생채기가 늘어났고, 조금씩 피가 비치
고 있었다. 녹수는 그 피 한 방울을 구슬처럼 허공
으로 올렸다. 그리고 분홍빛 혀를 내밀어, 꽃잎에 담
긴 이슬을 받아먹듯 그 핏방울을 입안으로 가져갔
다. 벨벳처럼 매끄러운 목소리, 방울처럼 울리는 웃
음소리와 전혀 다른 짐승의 신음 소리가 녹수의 목
에서 흘러나왔다.

"그도 좋군. 내 너에게 특별히 이 순간을 함께할
영광을 주겠어. 영원히 기억하도록 해, 내가 어떻게
처음으로 이 감옥을 벗어났는지!"

그리고 녹수의 이빨이 야수와 같이 자라났다. 녹
수는 그 이빨을 유리의 목덜미에 게걸스럽게 꽂았
다. 살과 뼈가 함께 짓이겨졌다. 녹수의 중력을 깨고
유리가 비명을 질렀고, 그 소리가 그 둘만이 거할 수
있던 어둠을 갈랐다.

유리가 처음에 느낀 것은 순수히 물리적인 고통

이었다. 살이 찢기고 혈관이 끊어지고 뼈를 파고드는 고통.

그다음으로는 아주 독하고 쓴 술이 혈관을 따라 흘러들어오며 지나는 모든 길로 불을 쏘아대는 느낌이었다. 대동맥과 대정맥처럼 굵은 혈관은 불을 나르는 고속도로, 거기서 뻗어 나와 온몸으로 피를 나르던 모세혈관들은 한번 불을 나르고 거기에 타서 없어지는 밀짚 길, 불이 골고루 옮겨붙은 몸은 육체를 벗은 정령의 춤사위.

그렇게 몸이 새로운 생물로 개편을 마친 것 같았을 때, 그래서 모든 것이 정리되고 안온하게 내려앉았다고 생각했을 때 정수리부터 발바닥 가운데까지 찬물을 끼얹는 새로운 종류의 고통이 유리를 꿰뚫었다.

유리는 소리를 질렀다. 참을 수 없는 고통에 소리를 질렀다. 고통과 바짝 붙어 교활하게 타고 들어오는 쾌락에 소리를 질렀다. 불타서 없어졌다가 다시 나타나고도 자기 뜻대로 움직일 수 없는 육체를 움직이고 싶어 소리를 질렀다. 이 모든 고통과 쾌락과 불편을 초래한, 자신에게 딱 달라붙어 생명을 빨아들이는 존재를 몰아내고 싶어 소리를 질렀다.

녹수는 입술 한 번 떼지 않고 유리를 들이마셨다. 녹수가 느끼는 행복과 쾌락이 어둠에 색을 부여했고, 어둠 속에 붙잡힌 자들에게 약간의 여유를 허용했다.

"저렇게 스스로 마시는 것을 보면, 저분은 '천사'가 어떤 존재인지 확실히, 모르는 것 같군요."

루치안의 말에 미하일이 눈길을 떼지 않은 채 고개를 살짝 끄덕였다.

"이것으로도 지표가 될 수 있겠지만, 되도록 '천사'를 살리도록 한다. 다음에도 이렇게 운이 좋기는 어려울 테니."

"알겠습니다."

유리의 피부가 미하일과 녹수만큼 하얗게 변했다 싶을 때 드디어 녹수가 입을 뗐다. 한 손으로 입가를 닦으려고 손을 빼는 바람에 유리가 드레스 위에서 미끄러졌다. 녹수는 단거리 달리기를 하고 난 뒤처럼 헐떡거렸다. 사랑의 행위를 하고 난 후처럼 만족스러운 한숨도 내쉬었다. 그 모든 숨결에서 피내음이 났고 짐승 울음소리가 섞였다.

피를 마셔서 녹수의 얼굴은 발그레하게 물들어 마치 사람처럼 보였다. 그 혈색은 온몸으로 퍼져나갔고, 녹수는 양손의 장갑을 빼서 손가락 끝까지 살아 있는 피부처럼 보이는 것을 확인하느라 유리를 옆으로 휙 던졌다. 유리는 아까부터 인형 같았던 자세 그대로 뻣뻣하게 옆으로 쓰러졌다. 미하일이 혹시라도 앞으로 나갈까 싶어 루치안은 미하일 팔을 잡았다. 그러나 미하일은 여전히 미동도 없이 기다릴 뿐이었다.

"아아!"

기쁨이 가득 묻어나는 환성을 지르며 녹수가 미하일에게 손을 내밀어 보였다.

"이것이 보이느냐, 미하일? 나는 굴레를 벗었다! 진정한 환락경의 주민이 되었어! 나는 이제 구역질 나는 하등생물의 피로 연명하는 비참한 몸이 아니야!"

"정말 놀랍군."

유리가 의식이 있었다면 '하나도 놀란 것 같지 않은데'라고 생각할 억양 없는 어조로 미하일이 말했다.

"이런 일이 가능하리라는 건 생각조차 해보지 못했어. 그것도 인간의 피로 말이야. 도대체 어떻게 이런 정보를 얻은 거지, 녹수? 이 여자애 말고도 또 이런 피를 가진 인간이 있나?"

미하일의 목소리는 떨떠름하면서도 어딘가 절박했다. 녹수는 그것을 자신이 얻은 것에 대한 질투와 갈망 때문이라고 해석한 듯, 새 육체를 마음껏 뽐내며 제자리에서 돌아 보았다.

"재촉하지 마라, 어차피 네 건 남아 있지 않으니. 생명의 물을 지니고 태어나는 인간은 천년에 하나뿐이다. 안됐구나, 미하일. 너도 탐이 나거든 다시 천년을 기다려 보려무나. 아니면⋯⋯."

생기가 넘쳐흐르는 녹수의 눈이 반짝였다.

"이제 이 아름다운 순간을 보았으니 이대로 희망에 가득 찬 종말을 맞는 것도 네겐 과분하다는 생각이 문득 들었다."

"아까 했던 말과는 다르지 않은가?"

짐짓 항의하면서도 미하일의 표정에는 조금의 변화도 없었다.

"그러게, 놓아줄 때 가라고 하지 않았느냐?"

녹수는 오랫동안 고대하던 소풍을 온 어린아이처럼 웃었다.

"아이들아, 저 둘을 꿇어앉혀라. 이제 곧 여명이니 굳이 손을 쓸 필요도 없겠구나. 품위 없는 짐승은 쓰레기들 사이에 넣도록 하고."

한껏 고양된 목소리로 명령하며 뒤를 돌아보던 녹수의 얼굴이 그대로 굳어버렸다.

인간 폭력배들의 얼굴에 표정이 돌아오고 있었다. 사람마다 속도는 달랐지만, 개중 빠른 사람은 자기 손의 연장과 녹수를 번갈아 보면서 왜 자기가 이런 곳에 있는지 기억을 되짚는 듯했다.

"도대체 어떻게…… 누가 내 영역에서 내 지배력을 푼단 말이냐!"

녹수는 매섭게 미하일에게 돌아섰다.

"마지막 발악을 하는 거냐? 궁지에 몰린 쥐가 아무리 이빨을 들이대도 고양이에겐 잠깐 앓을 상처밖에 안 된다는 걸 알아야지! 네가 어찌 감히 율법을 어기고……!"

"미하일은 어긴 게 없어."

명랑하고 소년 같은 느낌이 묻어나는 목소리가 끼어들었다. 녹수와 미하일은 그 목소리를 듣자마자 바로 돌아보았다. 흰 그리스식 겉옷을 입고 그림에서 걸어 나온 것 같은 모습으로 가브리엘이 서 있었다.

가브리엘이 선 곳은 재활용 쓰레기가 네모나게 압축되어 쌓인 블록 위였지만, 계속 서 있자 그 주위에 포도 넝쿨이 자라났다. 은은하게 감돌던 썩은 내는 그 넝쿨에서 흘러나오는 달콤한 향기에 덮였다. 녹수가 덮었던 소리도 냄새도 없는 어둠은 포도 향기와 달콤한 공기가 덧칠되면서 물러갔다.

녹수의 얼굴이 유리를 마시기 전처럼 창백해졌다.

"도대체 이게 무슨 짓이냐, 가브리엘. 네 영역을 여기에 펼치다니 이러고도 무사할 거라고 생각하느냐?"

"내가 뭘?"

가브리엘은 천진하게 웃으면서 허공으로 걸음을 옮겼다. 주위를 가득 메운 넝쿨 중 굵은 줄기가 가브리엘의 발을 받쳤다. 넝쿨은 선 하나로 만든 계단처럼, 가느다란 워킹벨트처럼 가브리엘을 내려보냈다.

"기억 못 하는구나, 녹수. 나도 여기를 갖고 싶어 했잖아. 네가 선점한 곳이니 어쩔 수 없이 양보하긴 했지만, 혹시 네게 무슨 일이 생길 경우 자동으로 이곳을 내 영역으로 접수하고 그전까지는 특별한 영역을 가지지 않는 불이익까지 감수했는데 잊었어? 그때 너 꽤 화도 냈었는데."

"기억을 못 하는 게 아니다! 내가 여기에 멀쩡히 있는데 무슨 짓이냐고 묻는 것이다!"

"넌 이제 우리가 아니잖아."

그것도 몰랐냐는 듯 눈을 동그랗게 뜨고 내던진 한마디에 녹수는 배를 얻어맞은 듯 무릎을 꿇었다. 가브리엘은 넝쿨에서 내려 녹수에게 다가가면서 미하일 앞에서 한 번 멈췄다.

"이제 다 기다렸어, 미카엘? 실망이야, 친구. 어떻게 그분을 의심할 수가 있어?"

"무슨."

미하일은 뭐라고 말하려는 듯 첫마디를 내뱉었지만 다음 말은 하지 못했다. 가브리엘은 친근한 눈웃음을 지으며 미하일의 어깨를 토닥였다.

"뭐, 이해하니까 이제라도 그분을 챙겨. 너는 여기 없었던 걸로 하는 게 낫겠지? 나한테 빚 하나 진 거다?"

미하일은 순순히 고개를 끄덕였지만, 루치안은 불만스러운 표정이었다. 그러나 입 밖으로는 어떤 불평도 내지 않았다.

"그럼 가봐. 난 기다리던 기회가 와서 잔치 좀 해야겠어. 너 내 잔치 싫어하잖아."

"그러지."

미하일은 버려진 인형 같은 유리를 안아 올렸다. 블러디와 루치안이 그의 옆에 섰다. 한 번의 도약으로 세 형체는 포도 향기 밖으로 나갔다.

가브리엘은 그 모습을 끝까지 웃으며 지켜보다가 녹수에게 고개를 돌렸다. 여전히 웃는 얼굴이었지만, 서서히 그 눈길과 입가에서 무시무시하고 형체 없는 광기가 흘러나오기 시작했다. 녹수는 의연한 얼굴로 가브리엘을 마주 보았지만 손과 입술을 떨었다.

"자진해서 비천한 인간이 된 불쌍한 누이여. 욕심이 지나쳤어."

"네게 들을 소리는 아니라고 생각하는데, 외사랑 전문 광인."

가브리엘은 자기 호칭에 배를 잡고 웃었다. 천진하고 아무 뒤끝 없고 다른 생각도 없는 웃음이었지만, 녹수는 따라 웃지 못했다. 그러나 미소만은 잃

지 않고 있었다. 가브리엘이 그 얼굴에 손을 뻗으며
말했다.

"아, 난 이래서 네가 좋아. 언제 어디서든지 당당
하다니까. 너라면 내 잔치의 주빈으로 손색이 없지."

가브리엘은 손가락을 꺾어 딱 소리를 냈다. 포도
향기가 더욱 짙게 풍겼다. 달콤하고 더욱 달콤한 그
향기는 농익을 대로 농익어 피처럼 신 향기도 품었
다. 그 향기에 젖은 듯, 검은 옷을 입은 폭력배들의
눈도 뻘겋게 물들기 시작했다. 그들은 취한 듯 웃더
니 연장을 든 채 녹수에게 한꺼번에 달려들었다.

"참, 주빈이 아니라 주요리군. 어쨌든 훌륭한 건
변함이 없으니까 내 실수를 용서해줘."

가브리엘은 다시 배를 잡고 웃었다. 그의 하얀 옷
과 하얀 얼굴과 환한 금발이 울긋불긋하게 물들어
갔다.

6

 유리를 안은 미하일과 루치안, 블러디는 미하일이
해가 지고 나서 일어났던 그 방에서 나타났다. 미하
일은 주변이 뚜렷해지자마자 유리를 침대에 뉘었다.
 유리의 목에 손가락을 댔다. 온몸의 피가 빨린 것
처럼 보였지만 그래도 아직 피가 흐르고 맥박이 뛰
고 있었다. 다만 아주 느리고 미약했고, 체온은 죽
은 자에 가까울 정도로 낮았다. 미하일이 주저 없이
자기 손목을 걷자 루치안이 소리쳤다.
 "안 됩니다!"
 "여기서 죽게 해선 안 된다."

"어떤 반응이 나올지 모릅니다, 상대는 '천사'란 말입니다!"

"나를 어지간히도 얕보는군."

그렇게 말하고 미하일은 자기 손목을 그었다. 한 팔로 유리의 등을 받치고 손으로 고개를 젖혀 유리의 입을 여는 데까지는 문제가 없었지만, 미하일의 팔에서 떨어지는 피는 유리의 입술과 혀에 묻고, 턱과 목을 타고 흘러내릴 뿐 목 안으로 들어가진 않았다. 미하일은 한시도 망설임 없이 이를 드러내고 혀를 깨물었다. 팔에서 나온 것보다 더욱 선명한 피가 주룩 흘렀다.

미하일은 유리의 머리와 등을 잡아 고정시키고 입술에 입술을 맞추었다. 그리고 움직이지 않는 유리의 혀를 혀로 눌러 피가 흘러 들어갈 길을 텄다. 마치 유리병에 형태를 부여하는 세공인처럼, 축 늘어져 있는 풍선을 일으키는 사람처럼 숨을 불어넣었다.

어느 순간 유리가 손가락을 움직였다. 그다음에는 팔 전체를 움직였다. 유리의 두 팔은 의지를 가지지 않은 것처럼 허공으로 솟다가, 미하일의 등과 어

깨를 스치자 찾던 것을 찾은 듯이 그것을 꽉 움켜쥐
었다. 그리고 곧, 미하일의 피와 숨결을, 그다음에는
미하일을 전부 빨아들일 듯 스스로 들이쉬기 시작
했다.

유리는 물기가 빠져나가 쪼가리만 남은 시체였다.
물로 덮여 있어야 할 자리에서 잔인하게 바닷물이
빠져나가고 앙상하게 드러난 모래밭이었다. 유리의
몸을 이루고 있는 바깥쪽은 망가지지 않았고, 뼈도
근육도 힘줄도 내장도 그 자리에 있었지만, 그들 사
이를 채워주어야 할 것이, 그 사이를 돌면서 몸을
따뜻하게 하고 머리의 명령을 전달하고 부드럽게 만
들어주어야 할 것이 모두 빠져나가 버렸다. 유리의
머리 또는 영혼도 곧 그들을 따라 몸을 떠나려 할
때였다. 무언가가, 떠난 것과 똑같지는 않지만 그보
다 더 짙고 끈적하고 비린 것이 들어오기 시작했다.
유리의 몸은 그 낯선 것이 무섭다고, 몸에서 물기를
앗아간 그 독 같은 불이랑 같은 것이라고 받아들이
지 않으려 했다. 그러나 유리의 머리가, 영혼이, 또는
그보다 더 깊은 곳에 있던 무언가가 그것을 빨아들

이라 했다. 그것이 너를 구원할 잔이라고, 너를 살리는 약이라고, 마땅히 취해야 할 보상이라고 했다.

그래서 유리는 그것을 꽉 움켜쥐었다. 다시는 놓지 않을 것처럼.

미하일은 유리가 스스로 피를 마시기 시작하자 안심하면서 입을 떼려 했다. 스스로 넘기기 시작한다면 다른 곳에 상처를 크게 내서 짜주는 게 더 효율적일 거라고 생각해서였다. 그러나 유리가 놓아주지를 않았다. 억지로 떼내면 다칠 것처럼 유리의 팔과 입술이 미하일을 죄어왔다.

말을 하려고 다시 한번 입술을 떼려 했을 때, 갑작스러운 현기증이 미하일을 꿰뚫었다. 세상이 뱅뱅 도는 바람에 미하일은 잠시 균형을 잃었다. 유리의 등을 지탱하고 있던 팔에 힘이 풀리자 유리가 뒤로 쓰러졌고, 유리에게 꽉 잡힌 미하일 또한 따라서 유리 위로 무너졌다. 유리와 부딪치기 직전에 미하일은 정신을 차리고 양팔을 짚었다. 몸을 일으키려고 했지만 유리의 두 손이 집요하게 미하일의 머리를 끌어당겼다.

미하일은 조금 전에 느꼈던 현기증은 시작을 알리는 종소리일 뿐이라는 걸 알았다. 이번에는 몸의 중심으로부터 불이 붙었다. 유리의 옆으로 버틴 팔과 등이 잘게 떨리기 시작했다. 유리가, 아니면 유리 안의 무언가가 계속해서 미하일의 모든 것을 쏟아내라고 명하고 있었고, 그 거센 부름은 거역하기 힘들 정도로 압도적인 동시에 미치도록 매혹적이었다.

미하일이 신음을 흘리자, 루치안이 만일의 사태에 대비하기 위해 옆으로 다가왔다. 미하일에게는 나가라는 손짓을 할 정도의 의지력만이 남아 있었다. 루치안은 곧바로 공손히 고개를 숙인 후 방을 나갔다. 방문도 꼭 닫았다.

미하일에게는 무척 다행이었다. 그 이후로 미하일은 유리에게 함몰당해 자아를 잃은 쾌락에 몸부림치는 노예였으므로.

유리는 얼굴 반쪽을 따갑게 태우는 햇빛을 느끼며 눈을 떴다. 어딘지 알 수 없었지만 커다란 창이 있어, 그 창문 모양으로 햇빛이 격자무늬를 그렸고, 그 끝에 유리의 좌반신이 걸쳐 있는 것이었다. 유리는 고개만 돌려 창문 밖을 보았다. 하늘이 따뜻한 주황빛과 서늘한 보랏빛으로 물든 것을 보니 저녁인 것 같았다. 점점이 불이 켜진 네모난 빌딩들이 불규칙하게 삐죽삐죽 솟은 풍경이 보였다.

왠지 삭신이 쑤셔서 조그맣게 신음하면서 고개를 아래쪽으로 돌린 유리는 소스라치게 놀라 일어나고 말았다. 자신이 나신에다 남자 와이셔츠만 입고 있었다. 물론 그 위에는 이불을 덮고 있었지만. 이불 밖으로 나오려고 젖히는데, 옆에 누군가 누워 있는 것이 보였다.

"우왓!"

유리는 굴러떨어지듯이 침대 밖으로 튀어나왔다. 그리고 다시 보니 눈을 감고 그림처럼 누워 있는 미하일이었다. 놀란 가슴이 가라앉자 분노가 솟아올랐다.

'옷도 다 벗겨놓고, 옆에 누워서 자고 있다니, 그런 사람으로 안 봤는데!'

어떤 식으로 응징을 해줄까, 바디 어택을 할까, 아니면 몰래 옷을 챙겨 입고 나가버릴까, 그런데 옷이 있기는 할까 하는 생각을 하면서 유리는 다시 미하일 쪽으로 다가갔다. 감은 눈 위로 손을 휘휘 저으면서 얼마나 깊게 잠들었는지 가늠해보았다. 그러다가 이상한 걸 깨달았다.

'숨을 안 쉬잖아?!'

이번엔 목에 손을 대보았다. 펄떡거리며 느껴져야 할 맥박도 느껴지지 않았다. 그리고 차가운 체온.

"이봐요?"

어깨를 잡고 흔들려고 할 때 루치안이 커다란 종이봉투를 양손에 들고 방 안으로 들어왔다.

"아, 일어나셨군요. 옷이 너무 더러워서 버렸습니다. 그래서 이것저것 사 왔는데……."

"숨을 안 쉬어요!"

마치 물에 빠진 사람을 모래밭에 눕혀 놓고 구급차를 부른 것처럼 유리가 소리 질렀다. 그러나 루치안은 봉투를 침대 옆에 있는 소파에 내려놓으며 자기 할 말만 했다.

"사이즈는 잘 맞을 겁니다. 취향을 몰라서 기본적인 스타일로 골라봤습니다. 맘에 안 드시면 말씀해 주세요. 놓고 나가겠습니다."

"안 들려요? 이 사람, 숨을 안 쉰다니까!!"

"아하. 아직도 사람이라고 생각하실 줄은 몰랐는데요. 상당한 강심장이십니다?"

그 말에 유리는 새삼 새파랗게 다시 질렸다. 잠이 들기 전, 정확히 말하면 정신을 잃기 전에 보았던 광경들이 갑자기 밀려왔다. 눈과 입이 한껏 벗겨진 괴물들, 등 뒤로 갑자기 나타나 맨몸으로 날아올랐던 미하일, 목덜미를 꿰뚫었던 커다란 이빨…… 유리는 그때 루치안에게 하려다가 못했던 질문을 이제야 했다.

"그럼 뭐죠, 당신네는?"

"기꺼이 대답해드리고 싶지만, 당신에게 답을 하는 건 제 권한이 아닙니다. 주인님께서 깨어나시면 직접 들으시길 바랍니다."

"주인님? 저번엔 친구라고……."

"현지화란 거지요. 그런데 옷은 안 입으실 겁니까? 주인님께서 깨어나시기 전에 입으시라고 서둘러 다녀왔는데."

"꽥."

진짜 비명 소리가 아니라 말로 꽥이라고 비명을 지르며 침대 뒤로 넙죽 수그리는 유리를 보며 루치안은 미소를 지었다.

"그럼 전 나가 있겠습니다."

유리는 빼꼼 고개를 내밀어 루치안이 나간 것을 확인하고 봉투를 집어, 잠입 작전을 연상케 하는 동작으로 화장실에 들어갔다. 지금이야 눈을 감고 있지만 옷 갈아입는 도중 깨어나서 눈이 마주치기라도 하면 엄청나게 어색할 것 같아서였다. 변기 뚜껑을 닫고 그 위에 봉투를 올려놓고 풀었더니 흰 블라우스, 검은 슬랙스, 원버튼 재킷이 나왔다. 웃옷도 물론 검은색.

"이 사람들은 진짜 흑백밖에 모르나."

중얼거리면서 유리는 옷을 입었다. 따로 넣은 속옷과 양말까지 입고 신었더니 마치 회사 출근하는 신입 같았다.

문을 여니, 미하일이 침대에서 몸을 일으키고 머리에 손을 얹은 채 기대앉아 있었다.

"숨도 안 쉬고 심장도 안 뛰던데, 머리는 아픈가봐요?"

유리는 어색함을 감추려고 오히려 비꼬듯이 말했다. 미하일이 놀란 듯이 유리를 돌아보았다.

처음 봤을 때부터 하얀 피부였지만 지금은 아예 석고상 같았다. 입술은 피부보다 조금 붉었지만 어디까지나 상대적일 뿐, 핏기가 없다시피 했다. 그런 얼굴로 조금도 움직이지 않은 채 이쪽을 보고 있으니, 유리는 그가 깨어났다가 이번엔 석상이 되어버린 게 아닌가 의심스러웠다.

석상 같고 인간미 없는 거야 이 비천한 것들에게 당연한 것이지만…….

비천한? 유리는 자기 안에서 자연스럽게 솟아난 단어에 놀랐다.

웃음기 없는 얼굴로 미하일이 말했다.

"식사나 하면서 이야기하지."

나름 근사하게 차려입은 데다 미하일이 식사 이야기를 꺼내는 어조로 보아 어디 근사한 레스토랑이라도 가지 않을까 생각했던 유리의 소박한 꿈은 철가방과 핫팩 앞에서 산산이 부서졌다. 피자 다섯 판, 탕수육 대 자에 짜장면 3개 세트. 한마디 안 할 수가 없었다.

"어쩜 이렇게 메뉴 선택도 저렴하신지."

"먹기 싫으면 말고."

"그럴 리가 있겠습니까. 먹어요, 먹는다고요. 잘 먹겠습니다아."

미하일이 냉담하게 음식을 자기 앞으로 끌고 오자, 유리는 즉시 비굴해졌다. 루치안이 웃으면서 나무젓가락을 쪼개주고 피자 위에 핫소스와 치즈 가루를 뿌린 후 조각조각 세팅까지 해주었다. 너무나 자연스럽고도 숙련된 솜씨라 유리는 갑자기 과방에서 남자 선배들과 함께 야식을 먹는 기분이 들었다.

"평소에 자주 이렇게 먹어요?"

"맛이나 영양소는 별 상관이 없으니까, 편해서 자주 이용합니다. 좋은 곳에 모시고 가고 싶었지만, 바깥에 나가지 않는 게 나은 처지라서요. 죄송합니다."

이번에도 루치안이 대답했다. 미하일은 아무 말 없이 루치안이 세팅해준 음식을 들이켜고 있었다. 말 그대로 들이켜는 수준이었다. 짜장면 한 그릇은 3초 만에 뚝딱, 피자 한 판은 접어서 한입에 뚝딱. 유리는 그대로 있다간 먹을 게 남지 않을 것 같아서 질문을 뒤로 미루고 음식에 집중했다.

아무리 봐도 15인분쯤은 되어 보이는 음식이 순식간에 바닥을 드러냈다. 이번에도 루치안이 숙련된 솜씨로 식기와 잔반을 정리해서 가지고 나갔다. 미하일은 여전히 아무 말 없이 소파에 앉아 있을 뿐이었다. 유리가 조심스럽게 물었다.

"이야기 해주기로 했잖아요?"

"이야기할 것이 너무 많아서 정리가 안 되는군. 질문을 받겠다."

날로 먹으려 드네. 유리는 속으로 한숨을 쉬고는 물었다.

"그럼 기본부터 가요. 이름이 뭐예요?"

"미하일. 저쪽은 루치안."

"좋아요, 미하일. 사람이 아닌 것 같은데 어떤 존재인 거죠? 어떻게 나한테 나쁜 일이 일어날 때 그 자리에 있을 수 있었죠? 날 어떻게 할 거예요?"

"좋다. 너는 우리가 어떤 존재라고 생각하지? 추측하는 게 있을 텐데."

"뱀파이어? 얼굴도 하얗고, 숨도 안 쉬고, 밤에만 보이고, 피도 빠는 것 같고."

"대체로 맞다. 하지만 뱀파이어의 기원에 관한 속설은 하나도 맞는 게 없고, 그 능력에 대한 속설은 일부만 맞다. 우리는 다른 별에서 여행을 온 이들을 보좌하기 위해 여기 인간을 본떠 만들어진 생명체다. 그들이 여행을 마치고 돌아가거나 여기에서 생을 마친 후에도 죽거나 사라지지 않아서 계속 이곳에 존재하고 있지. 햇빛을 피해야 하는 것과 인간의 피를 일정 주기로 마셔야 하는 것은 우리가 인간을 본뜨긴 했으나 사실 전혀 다른 물질로 이루어져 있기 때문이다."

한참 동안 튕기다가 갑자기 쏟아져 나오는 정보에 유리는 잠시 정신을 가다듬었다. 그대로 놔두면 모르는 이야기를 줄줄이 계속할 것 같아, 미하일 보고 멈추라는 손짓을 하고 머릿속으로 조금 전에 들은 이야기를 정리해보았다.

'그러니까 사람들이 뱀파이어라고 부르는 존재인 건 맞지만 사실은 만들어진 생명체라고? 생명체? 로봇처럼 들리는데? 외계인이 만든 로봇이라는 뜻인가? 죽거나 사라지지 않아서라니, 왠지 폐기하거나 전원이 정지되지 않아서, 로 들리는데, 이게 맞나? 뭐야, 장르가 어디야?'

번역할 때 장기처럼 발휘되는 빠른 사고였다.

"계속 이야기해도 될까?"

무심하게 미하일이 물었다. 유리는 일단 계속하라는 뜻으로 고개를 끄덕였다.

　"그러니까 원래 우리는 이 세상에 속한 자들이 아니기에 이 세상에 속한 자들을 구성하고 있는 성분을 흡수함으로써 이곳에서 남아 있을 수 있는 것이다. 인간의 피를 일정 기간 이상 섭취하지 못하면 우리 몸은 서서히 활동 범위와 빈도를 줄여가다가 모든 기능을 정지한다. 태양광은 피를 섭취하든 하지 않든 우리 몸을 먼지로 돌리기 때문에 치명적이다. 본래 그런 일이 벌어지지 않도록 해두었던 조치가 시한이 다 되었기 때문이지."

　"잠깐, 잠깐만요. 그럼 그 먼 데서 여행 온 사람들이 당신의 소유주나, 그러니까 주인 같은 건가요?"

　"그렇다."

　"그런데 왜 그렇게 능력이 좋아요? 초능력인지, 마법인지 모르겠던데."

　"두 가지 이유가 있지. 하나는, 주인이 아무것도 하지 않아도 되고 무엇을 원해도 이룰 수 있도록 원래도 다방면으로 유능하게 설계되고 진화 또한 가능했다."

"와, 무서운데 부럽다."

평범한 현대인이라고 생각하고 살아온 유리는 무심코 말했다. 미하일의 표정이 잠시 오묘해졌다가 다시 무표정으로 돌아왔다.

"두 번째는, 우리 외에 주인의 편의를 돕기 위해 설치된 기기? 설비? 같은 것들이 있는데 그것이 현재 이곳의 수준으로는 알아보기 어려울 만큼 발달된 기술이기 때문이다."

그러니까 고도로 발달된 과학은 마법과 구분하기 어려운데 그게 집약된 존재가 햇빛을 피하고 사람 피를 마셔서 전설이 된 존재가 뱀파이어란 뜻이군.

이 결론에 유리는 아찔했다. 심지어 아직 의문이 다 풀리지도 않았는데 벌써부터 혼란스러웠다.

"아까 그 여자가 영역이란 말을 하는 걸 들었는데, 그게 혹시 영주라든가 지배자란 뜻인가요?"

말하면서 속으로 거부감이 들었다. 감히 어디서 영주이고 지배자래?

"비슷하지만 똑같지는 않다. 우리가 영역이라고 부르는 건 지배하는 장소란 뜻도 있지만, 힘을 자기에게 가장 어울리는 형태로 펼쳐놓는 것을 말하기도 하니까."

"힘을 펼쳐놓는다?"

말을 따라 하다가 유리는 그 여자가 등 뒤에서 나타났을 때 빨려 들어갈 것 같았던 중력과, 소리와 냄새가 실종된 어둠을 떠올렸다.

"그럼 다들 그렇게, 음, 블랙홀 같은 힘이 있는 거예요?"

"블랙홀?"

"막 무릎 꿇거나 뒤로 날아갈 것 같이 뒤로 잡아당기는 힘도 있었고, 소리랑 냄새가 다 지워지는 어둠도 있어서, 그런 느낌이었어요, 블랙홀."

"영역은 각자 다 다르다. 본성과 성격에 좌우된다."

"미하일의 영역은 어떻게 생겼어요?"

그 말을 듣고 미하일은 입을 다물었다. 유리는 아까 깨어났을 때처럼 그가 다시 석상이 된 것 같아 말했다.

"말하기 싫으면 하지 마요."

"아니다. 잠깐 딴생각을 했다. 나는 불이다."

"오호, 정말요? 별로 안 어울리는데. 그쪽은 막 발산하기보다는 꾹꾹 쌓는 스타일 같아요. 건강한 맛이 없게."

미하일은 떨떠름하고 기분이 나빠 보였지만, 유리의 평가 그대로 발산하기보다 참고 넘어갔다.

"그다음 질문이 뭐였지?"

"어떻게 나한테 나쁜 일이 일어날 때 그 자리에 있을 수 있었죠? 날 어떻게 할 거예요? 였습니다."

"기억력이 좋군."

말을 토씨 하나 틀리지 않고 되풀이하는 유리를 보고 미하일은 끄덕였다. 그리고 잠시 머릿속에서 이야기를 굴리듯이 눈을 굴리고 다시 말했다.

"모든 질문의 답은 네가 어떤 존재인가부터 설명해야 맥락이 보일 듯하군. 언젠가부터 우리 사이에 '천사'라는 존재가 인간들의 전설이나 괴담처럼 입을 타기 시작했다. 천사란 주인이 보낸 아주 특별한 인간, 인간 중의 인간으로 그 피는 너무나 순수해서 그 피를 한번 마시고 나면 영원히 다시 피를 마실 필요도, 태양을 피해 다닐 필요도 없어진다고 했다. 그 피를 우리는 '생명의 물'이라고 불렀다."

"설마, 지금 내가 그 천사라는 건 아니죠?"

"합당한 추측이다."

유리는 갑자기 등과 팔에 소름이 끼쳐 버둥거렸다.

"처처처천사? 닭살이야! 도대체 무슨 증거로 그런 소리를 하는 거예요!"

"우리는 이 세계를 구성하는 원소와 본질을 꿰뚫어 볼 수 있고, 그중 일부를 의지대로 변형할 수 있다. 본디 우리에게 주어진 능력, 거창하게 말하면 권능 같은 것이고 영역도 그 일환이지. 우리의 능력과 원래의 쓸모에 비추어 보건대, 우리는 천사가 강림한다면, 알 수 있도록 신호가 발해질 거라고 생각했다. 그리고 네가 태어났다."

말하면서 정리 중인지 미하일의 말은 군데군데 끊어졌으나 또 끝까지 이어졌다.

"내가 태어났을 때 '신호'가 나타났고요?"

"그렇다."

"그래서 내가 위험할 때 알 수 있었고요?"

"그렇다."

유리는 눈을 가늘게 뜨고 잠시 미하일을 바라봤다. 그는 거짓말을 잘하지 못했다. 표정이 변하지 않았지만, 평온하지 못한 내면이 눈길이나 몸짓에 그대로 드러났다.

그걸 알아봤다고 해서 바로 '너 구라 치고 있냐' 물어볼 수 없는 게 한스러웠다. 힘으로도 기술로도 아마 진실을 얻어내지 못할 것이고, 경계심만 돋울 것이다. 유리는 한숨을 쉬며 사실을 정리해보았다. 작지만 중요한 질문이 빠져 있었다.

"가브리엘은 어떤 사람, 인가요?"

사람이라고 말하기가 잠시 꺼려져서 쉼표가 들어가버렸다.

"왜 묻지?"

미하일은 조금 날카롭게 되물었다. 가브리엘이 영역을 펼치며 등장했을 때 유리는 정신을 잃은 상태였는데.

"삼촌이 집에서 기다리던 날에 봤거든요. 실랑이를 하는데 갑자기 가브리엘이라는 사람이 나타나서는 자기가 내 남편이라고, 삼촌을 쫓아 보낸 거예요. 한국말 잘하는 외국인을 이틀 연속으로 봐서 합숙하는 사람들인가 의심했었⋯⋯죠."

말을 하면서 유리는 그제야 삼촌이 생각났다. 가슴에 커다란 돌덩이가 내려앉고 머리에 찬물이 한 통 쏟아졌다. 이렇게까지 깨끗하게 잊고 있을 수 있다니. 그 높은 곳에서 몸도 안 돌보고 뛰어내리려 했던 각오는 흔적도 없이 사라졌다. 현실이라고 믿을 수 없는 고통과 충격과 진실의 공격을 연속으로 받았다고는 해도, 이렇게까지 말끔한 얼굴로 아무것도 모를 수가 있다니. 유리는 자신에게 실망했다. 미하일에게 묻는 목소리에는 그런 자조만 가득 묻어 있을 뿐, 희망은 한 가닥도 없었다.

"삼촌은…… 혹시 살았어요?"

"아니."

"역시."

갑자기 침울해진 유리를 보고 미하일은 바보 같다고 생각했지만, 이번엔 말하지 않기로 했다. 가브리엘을 만난 일에 대해서도 더 듣고 싶었지만, 일단은 그냥 넘기기로 했다. 앞으로 시간은 많을 터였다.

"그래서, 앞으로 널 어떻게 하느냐에 관해서 이야기를 하자면."

"아."

아직 표정은 펴지지 않았지만 유리는 다시 허리를 펴며 미하일을 보았다. 솔직히 말해서 이것이 제일 중요한 관심사였다. 이 일들을 겪고 이 이야기들을 듣고 나서 어떻게 해야 하는가. 어떻게 하고 싶다고 해서 그렇게 하도록 이 사람들이 놔둘 것인가.

불길한 예상은 들어맞았다.

"위험하니 내 영역으로 데리고 가겠다."

그 말을 듣는 순간 생각할 겨를도 없이 말이 튀어나왔다.

"싫어요."

"그래서? 그렇게 말하면 아, 그러세요 하면서 네 의사를 존중해줄 거라고 생각한 건 아니겠지."

미하일은 짜증이 묻은 목소리로 유리를 눌렀다. 유리 또한 사실 그러진 않을 거라고 예상했기에 잠깐 생각을 해야 했다.

"어디로 가는 건데요?"

"핀란드 남부, 에스토니아 근처에 있는 작은 성이다. 내 영역이지."

"거기로 가면 왜 안전해요? 정말 안전한 거 맞아요?"

"못 들었나? 내 영역이라고 하지 않았나. 네가 내 영역에서 내 소유물로 있는 한 아무도 너를 건드리려고 하지 않을 것이고, 누가 도전을 해오든 내가 쫓아버릴 수 있다. 그곳은 내 영역이니까."

"소유물?"

"소유물이란 우리의 정체를 알고 우리 피를 마신 인간이다. 넌 내 정체를 알고 내 피를 마셨으니 내 소유물이 맞다."

"헉, 아까는 그런 얘기 안 했잖아요!"

"그랬나? 이제 했으니 상관없지 않은가. 말을 하고 안 했다고 해서 달라질 상황도 아니었다."

"무슨 소리예요?"

"녹수에게 거의 끝까지 흡혈 당하고 죽어가는 너한테 내 피를 먹여서 살려냈으니까. 어찌나 게걸스럽게 내 피를 받아 마시는지 너 대신 내가 죽는 줄 알았다."

"아, 그, 기억이란 게……."

유리는 왜 미하일이 그렇게 심하게 핏기가 없었는지, 그제야 깨달았다. 유리는 어색하게 웃으며 사과했다.

"아하, 하, 하, 제가 좀 생명력이 강해요. 죽을 뻔했다니 되게 미안하네요, 욕보셨어요."

"일부러 그랬을 리가 없으니 사과할 필요는 없다. 하지만 좀 더 네 입장을 자각했으면 좋겠군. 나는 너를 안전하게 하려고 데려가려는 것뿐만 아니라 이미 네 생명을 한 번 구했다. 너는 내게 빚이 있어. 그러니 잔말 말고 따라와.”

“넵.”

빚이 있다는 말에 몸을 굳히며 유리는 자기도 모르게 거수경례를 했다. 미하일은 그 동작이 어이없다는 듯 빤히 쳐다보다가 일어났다.

“내일 밤 비행기를 예약할 거다. 그때까지 아무 데도 가지 말고 여기 있어라. 말썽 피우면 대가를 각오해야 할 거다.”

“네에.”

유리는 강압적인 말투가 맘에 들지 않아서 어깨를 움츠리고 말꼬리를 늘였다. 그러나 미하일은 이번에는 눈길도 주지 않고 나가버렸다. 유리는 미하일이 문을 나가서 닫은 게 확실해지자 주먹을 허공에 휘둘렀다.

“어휴, 진짜 내가 빚만 없어도 저걸……!”

그때 다시 문이 열렸다. 유리는 황급히 양쪽 팔을 쭉 뻗으면서 기지개를 켜는 척했다. 들어온 사람이 말했다.

"근질근질하신 모양이군요."

식사 뒤처리를 하러 가서는 이야기를 하는 동안 돌아오지 않았던 루치안이었다. 유리는 한숨을 쉬었다.

"네, 벌써요. 내일 밤까지 꼼짝 말라는데."

"몸이 아니라 마음도 근질근질하신 것 같고요. 뭐 더 궁금한 건 없으십니까? 주인님께서는 설명을 잘하는 분이 아니니 많을 것 같습니다만."

"그럼 말을 잘하는 루치안 씨가 그냥 처음부터 설명하시지 그랬어요?"

"피를 마신 소유물에게 처음으로 진실을 알려주는 것은 피를 준 본인이어야 하거든요. 주인의 권리이자 의무라고 해야겠지요. 그건 그렇고, 씨는 빼셔도 됩니다. 어차피 우리는 같은 처지이고, 앞으로 친하게 지냈으면 하니까요."

그렇게 말하면서 루치안은 상큼하게 웃었다. 유리는 그의 얼굴을 새삼스럽게 뜯어보았다. 미하일과 정말 닮은 얼굴인데, 금발이라서 전체적인 색이 밝고 얼굴에 항상 미소를 머금고 있으니 그렇게 사람이 달라 보일 수가 없었다.

"정말 궁금한 게 있는데요."

유리는 여전히 그 얼굴을 보면서 말했고, 루치안은 여전히 웃으며 답했다.

"네, 무엇이든지 물어보세요."

"루치안 씨, 아니 루치안도 그, 사람들하고 같아요?"

"네? 그럴 리가요. 저는 미하일 님을 주인으로 모시는 몸일 뿐입니다. 그러니 같은 처지라고 하는 거지요."

"그래도 보통 사람 같진 않은데요. 그때 거부하긴 했는데 혹시 사람 마음을 목소리로 움직이는 힘 같은 거 있지 않아요? 정말정말 달콤하고 매혹적이어서 뭐든지 들어주고 싶은 기분이 들던데."

"그런가요? 그건 제게 한눈에 반했다는 고백 같은데."

"꽥? 여보세요?"

생각지 못했던 반응에 유리는 다시 말로 꽥이라고 비명을 질렀다. 루치안은 웃음을 터뜨렸다.

"아쉽지만 그건 아니겠지요. 사실 그분들의 피를 마시면 살아 있는 사람에게도 특별한 능력이 조금씩 생기거든요."

"아하, 그런 거구나."

"유리도 뭔가 생겼을 거예요. 게다가 아주 많이 마

신 모양이니까 진짜 특별한 능력일 가능성이 커요."

"으아으, 그 얘기는 하지 마세요."

유리는 손을 절레절레 저으면서 큰 몸짓으로 거부 반응을 나타냈다. 미하일의 피를 마셨단 이야기만 하면 걸리는 게 한두 가지가 아니었다. 피를 마셔야만 할 정도로 피를 빨렸던 그때의 충격과 고통이 떠올랐고, 정신을 잃은 사이에 미하일을 위협할 정도로 피를 탐했던 자기 모습이 얼마나 추했을지 생각하면 얼굴이 달아올랐고, 그 생명의 빛을 가지고 자기를 꼼짝없이 얽어맨 것을 생각하면 분노가 치솟았다. 삼촌 일을 가지고 어리석다며 다그칠 때는 언제고 그 점을 이용하다니. 죽을 정도로가 아니라 죽여버렸어야 했나.

유리가 분노의 늪에서 빠져나오지 못하는 것 같자 루치안이 아예 딴 이야기를 꺼냈다.

"인간이 말하는 뱀파이어와 그분들이 제일 다른 점이 뭔지 알아요?"

"네? 어, 뭔데요? 마늘을 잘 먹나요?"

"그거야 당연하죠. 잘 먹진 않지만 그냥 인간이 먹는 것 자체가 거의 필요 없을 뿐이고 마늘만 특별히 싫어하는 건 아니에요."

루치안은 잠깐 웃더니 말을 이었다.

"관에서 자야 하는 것도 아니고, 십자가를 무서워하지도 않고, 가슴에 말뚝을 박거나 머리를 자른다고 죽지 않아요. 아, 은이나 성수도 다 효과가 없어요."

"우와, 약점이 없어 보이네요. 반칙인데?"

"인간의 피를 주기적으로 마셔야 한다는 거랑 태양빛을 피해야 한다는 게 약점이죠. 또, 원래 여행 중의 편의를 위한 존재이기 때문에 인간에게 들키지 않고 안전을 보장하기 위해 지켜야 하는 규칙들이 있어요. 거기에 여기 남겨진 후에 합의해서 만든 규칙들까지 합쳐서 율법이라고 칭하죠."

"율법이라니 거창하네."

유리가 못 참고 중얼거렸다. 루치안은 못 들은 듯이 말을 이어 갔다.

"첫째, 회의 때가 아니면 그분들은 각자의 영역에서 지내야 해요. 둘째, 두 명을 초과하는 모임을 해서는 안 돼요. 셋째, 인간에게 정체를 들키면 그 인간은 소유물로 만들거나 죽이거나 기억을 지우거나 해서 반드시 처리해야 해요. 그 외에도 여러 가지가 있지만, 딱히 유리가 알 필요는 없을 것 같군요."

"별로 알고 싶지도 않아요. 내가 지켜야 될 건 없는 거죠?"

"없죠. 그분들이 아니라 소유물이니까. 다시 아까 이야기로 돌아가자면, 그분들이 뱀파이어랑 가장 다른 건 이거예요. 전염되지 않는다."

"아? 아하."

유리는 잠깐 무슨 말인가 했다가 알아들었다. 뱀파이어에게 물린 자는 뱀파이어가 되지만, 그들에게 물린다고 해서 같은 존재가 되지는 않는다는 뜻이었다. 애초에 누군가에게 만들어진 인위적인 생명체이니, 당연했다.

"그럼 소유물은요?"

"그것도 생각해보세요. 그분들이 소유물의 피를 마신 게 아니라, 소유물이 그분들의 피를 마셨을 때 소유물이 되는 거예요. 그분들이 인간의 피를 마셔서 이 세상에 있을 수 있는 거라면, 그분들의 피를 마신 사람은 다른 세상의 힘을 나눠 받는 거죠. 그 피를 체내에 지니고 있는 동안은 이 세상과 이 차원에 영향을 받지 않을 수 있어요."

"잘 안 와닿아요. 구체적으로 예 좀 들어주세요."

"제일 큰 예로는, 나이를 안 먹어요."

"아하!"

유리는 자기도 모르게 크게 소리쳤다. 루치안은 다시 웃으면서 뭐라 말하려 하는 유리를 제지했다.

"설명 안 끝났어요. 이걸 알아야 돼요. '그 피를 체내에 지니고 있는 동안은'이라고 했잖아요. 다른 피가 생성되면서, 또는 피를 흘려서 그 피가 없어지면 그 힘도 사라져요."

"어, 그럼 그때부터 다시 나이가 드는 거예요?"

"그 정도가 아니라, 그동안 유예했던 걸 한꺼번에 지불해야 하죠. 즉 100년 동안 주기적으로 그분들의 피를 마셔서 젊음을 유지했던 사람이 그 피를 마시지 못하면 한꺼번에 100살이 되면서 쭈그러지거나 죽는 거예요."

"아, 마약이다."

"그렇죠. 그래서 '소유물'이 되는 거예요. 힘에도 중독되지만, 그게 끊어지면 살아갈 수 없게 되기도 하니까."

유리는 말은 못 하고 불쌍하단 얼굴로 루치안을 쳐다보기만 했다. 루치안이 짓궂게 말했다.

"같은 처지라니까요?"

"꼭."

유리는 소파에 흐늘흐늘하게 등을 기댔다. 루치안은 다시금 웃으면서 일어났다.

"그래도 우리 주인님은 나쁜 주인은 아닙니다. 타고난 무인인데다 오랫동안 주인 없이 살면서 무뚝뚝해지고 삐뚤어졌지만, 기본적으로 의무를 다하는 분이에요. 성을 내면서도 설명도 다 해주고 폭력을 쓰지도 않았잖습니까?"

"닮았다고 감싸주는 거 아니에요?"

유리가 뽀로통하게 쏘아붙였다.

"절대로 그런 게 아니라고는 말할 수가 없는 이 심정을 헤아려주소서."

"아, 정말 한국말을 나보다 잘하네!"

유리가 소리 질렀을 때 루치안은 이미 방문 가까이 가 있었다.

"그럼 쉬세요. 주인님과 저는 옆방에 있으니까 필요한 거 있으면 부르시고요. 저를 부르란 뜻이에요,

118

놀리려고 주인님 시켜 먹을 생각하지 마시고."

"별로 그 얼굴 보고 싶은 생각 없거든요?"

"어련하시겠습니까."

그리고 문이 닫혔다. 유리는 이번엔 주먹만이 아니라 발길까지 동원해서 한바탕 분을 삭였다.

7

유리는 미하엘과 함께 가야 할 것 같다고, 그래도 나쁜 건 아니라고 생각하기로 마음먹었다. 생각해보면 외국에 나가고 싶어 했는데 그렇게 되었고, 삼촌도 이렇게 말하면 미안하지만 더 이상 귀찮게 하지 못할 거고. 아니, 그러면 어쩌면 외국에 나가 살 필요도 없는 게 아닐까 생각했을 때 숙모랑 사촌이 떠올랐다. 유리는 몸서리를 쳤다.

이 일에 내가 관련되어 있다는 걸 알면 그거 가지고 끝까지 자기네를 책임지라고 달라붙겠지. 아니, 관련되어 있는 걸 몰라도 그러겠지. 세상에 의지

할 데가 나뿐이라고 하겠지. 외가나 다른 친구들은 다 어디다 팔아먹었는지. 그렇게 열심히 가던 교회 사람들은 손 놓고 있는지. 하지만 알면서도 나는 또 그걸 뿌리치지 못할 테지.

우울해져서 객실에 있는 텔레비전을 켰다. 실수였다. 뉴스가 나오고 있었다.

"희생자들은 지역 폭력 조직에 속한 사람들로 알려졌습니다. 이들이 이렇듯 대규모 집단 난투극을 벌인 이유는 정확히 추정할 수가 없지만, 서울 경찰청에서는……."

유리가 갔던 초대형 쇼핑몰 광경이 배경으로 깔리면서, 근처에서 벌어졌던 조직 폭력배 대규모 난투에 관한 기사가 나오고 있었다. 처참하게 피 흘리면서 구급차에 사람이 실려 가는 장면이 나오더니 합동 분향소와 유족들로 화면이 넘어갔다.

흰옷을 입은 유가족들과 까만 옷을 입은 조문객들 사이로 유난히 눈에 띄게 밝은 머리색이 보였다. 유리는 놀라서 텔레비전 앞으로 다가갔다. 가브리엘이었다.

"헉, 저 사람이 왜 저기 있대!"

머릿속에 떠오르는 말이 있었다.

'이 여자는 이제 저희 집안 사람입니다.'

"와, 미치겠네. 설마 저기서 또 사위 노릇 하는 거야?"

머리를 싸쥐었다. 하지만 생각하면 조금 이상했다. 왜 아직까지도 사위 노릇을 할까. 삼촌은 죽었는데. 왜 하필 저기에 있을까? 무엇을 바라고?

"무슨 생각이에요?"

텔레비전으로 손을 뻗으며 유리는 물었다. 그저 카메라에 비칠 뿐인 사람에게 하는 말이라기보다는 혼잣말처럼 한 건데, 가브리엘이 이쪽을 보며 답했다.

"안녕, 마누라."

"꽥?"

유리는 뒤로 털썩 앉아버렸다. 가브리엘이 천진하게 웃으며 걱정했다.

"소리가 크게 났는데 괜찮아?"

"지금 그거 걱정하게 생겼어요? 이게 지금 무슨 일이래? 나 미친 거 아니죠? 아니라고 말해줘요!"

"당연히 안 미쳤지. 설명 못 들은 거야?"

"이런 일도 가능하다는 이야기는 안 했어요!"

"그야 미카엘은 상상력이 부족하니까, 원래 생각

을 못 했을 거야."

"미카엘? 아아."

잠깐 갸웃했지만 유리는 곧 알겠다는 듯 고개를 끄덕였다. 미하일은 미카엘을 러시아식으로 바꾼 말이었다.

갑자기 깨달음이 머리를 스쳤다. 미카엘, 가브리엘, 라흐미엘…… 이 이름들, 그러고 보니.

"어서 거기를 나와서 이쪽으로 와, 마누라."

"음?"

갑자기 치고 들어온 가브리엘의 말에 생각이 멈췄다. 유리는 무슨 뜻이냐는 듯 브라운관 속의 가브리엘을 마주 보았다.

"마누라는 남편이랑 같이 있어야지, 외간 남자들이랑 그러는 거 아니다."

정말 이 사람들이 자기보다 한국말을 더 잘한다는 깨달음과 함께, 아까는 너무 놀라서 느끼지도 못했던 울분이 끓어올랐다. 유리는 가브리엘을 흘겨보며 말했다.

"근데 너 왜 말 까니?"

"뭐이?"

가브리엘은 잠깐 멍한 표정을 짓더니 잠시 후 배를 잡고 웃기 시작했다. 눈에 눈물이 맺히도록 마구마구 웃어대서 유리는 자기가 한 말이 그렇게 웃긴가 어리둥절했다. 가브리엘은 한참이나 그렇게 원 없이 웃어젖히다가 겨우 진정하고 유리를 보았다.

"우리 마누라는 유머 감각도 남다르지, 내가 정말 보는 눈이 있단 말씀이야."

'우리'를 정확히 쓰는 데다 '말씀'이란 단어까지. 유머 감각이란 면에 대해서는 너무 너그러운 것 같지만. 점점 더 감탄하는 유리에게 가브리엘이 좀 전과는 정반대로 차갑게 굳은 얼굴을 보였다.

"마누라, 장난은 여기까지 하고, 빨리 와. 내가 어디 있는지 봤을 거 아냐?"

"비겁해!"

유리는 바로 소리쳤다.

"또 인질이야? 또 가족 가지고 위협하는 거냐고! 진짜 사람보다 나은 게 없어!"

"미안미안, 하지만 안 그럼 말을 안 듣잖아. 마누라 황소고집을 탓해라."

다시 또 귀여운 미소에 양손을 합장까지 하면서

사과를 했지만 유리는 이제 가브리엘의 재롱이 모두 가증스럽게만 보일 뿐이었다.

"어떻게 가란 말이야? 난 여기가 어딘지도 몰라. 창문으로 보니까 되게 높은 데야. 호텔인가 봐."

말하다 보니 유리는 자기가 찡찡거리고 있단 걸 깨달았다.

게다가 이건 마치 가고 싶은데 못 간다고 칭얼거리는 것 같잖아. 맘에 안 들어.

그런 생각이 들어서 급히 얼굴을 굳히고 입을 다물었지만, 가브리엘은 좋아하는 표정으로 바로 답을 내놓았다.

"내가 우리 마누라 전용으로 큰 차를 준비했지. 재미있을 거야. 창문 밖으로 나와서 포도가 보이는 쪽으로 와. 그게 내 표시거든. 참, 혼자 와라. 당연히 알고 있지?"

"창문 밖으로? 미쳤어요? 나 죽으란 거죠?"

하도 놀라서 다시 존댓말이 튀어나왔다. 그러나 갑자기 화면이 바뀌더니 다른 뉴스가 나오기 시작했다. 잠시 채널을 돌렸던 것처럼 기사 중간부터 뚝 나왔다. 유리는 잠시 혼란스러운 머리를 정리하려고 그대로 앉아 있었다.

그러다 튕기듯이 벌떡 일어섰다. 오라고 했으니 가야 한다. 삼촌도 말려들어서 죽었는데, 숙모랑 사촌까지 죽게 만들면 정말 남은 평생 잠이라고는 잘 생각을 말아야 할 거다. 가브리엘도 미하일과 동족이라는 것까지는 알았지만, 삼촌 생각 때문에 그 이상 정보를 들어두지 못한 것이 아쉬웠다. 저 귀여운 얼굴 뒤에 어떤 생각을 하고 있는지 짐작할 수가 없으니.

갑자기 어떤 생각이 떠올랐다. 유리는 텔레비전 근처 서랍장을 뒤졌다. 호텔이나 모텔에는 대체로 메모지를 구비해놓고 있었다. 꽂아놓는 볼펜도 같이.

"알리지 말란 말은 안 했잖아, 그치?"

유리는 누군가 듣기라도 하듯이 혼잣말을 하고, 메모지에 썼다.

'가브리엘이 오라고 해서 가요. 삼촌 가족들이 인질로 잡혔음.'

그리고 왠지 모르겠지만, 어쩌면 추적에 도움이 될지도 모른다고 생각하면서 손톱 옆을 깨물었다. 피가 흘러 한 방울 메모지 위에 떨어졌다. 유리는 먹을 것을 떨어뜨릴 수 있었던 헨젤과 그레텔은 그나마 나은 처지라고 생각하다가 혼자 웃었다.

'이것도 먹을 거긴 하네.'

창에 서자 분명히 통유리로 제작되었던 창이 바닥과 맞닿은 면만 빼고 3면이 창틀에서 빠져나와 바깥쪽으로 쓰러졌다. 그래서 유리창은 마치 해적선에서 바다로 뻗었던 다이빙대처럼 하늘 속으로 다리를 냈다. 유리는 유리 다리가 시작되는 지점에 서서 앞을 바라보았다. 건너편으로 보이는 인도에 포도 모양 네온사인이 불을 밝히고 있었다. 찡찡댔던 것처럼 호텔방은 매우 높은 곳에 있어, 주위 웬만한 빌딩보다 더 높았다. 그런데 창밖으로 오라니. 유리는 잠시 떨면서 서 있다가 앞으로 걸음을 내디뎠다. 한 걸음. 두 걸음. 단 몇 걸음 만에 유리로 된 다리가 끝났다. 마지막 걸음. 유리는 허공으로 걸을 것처럼 한껏 다리를 들어 허공으로 내디뎠다.

유리가 없어지고, 유리는 떨어졌다.

미하일은 손 위로 이전에 썼던 검을 뽑아내 두 손으로 들었다. 루치안이 다가와 검을 들여다보았다.

"무슨 문제라도 있습니까?"

"아직도 마음대로 다룰 수가 없어."

미하일은 이전에 했던 것처럼 검신을 눈으로 훑었다. 눈이 간 길을 따라 불길이 붙었다가 지나가고 난 후에는 바로 꺼졌다.

"이 검의 원래 모습은 붉게 빛나는 횃불 같은 것인데 말이야. 이렇게 불길 없이 쓰는 건 이 검의 힘을 반도 못 쓰고 있다는 뜻이다."

"하지만 그 검은 태양의 성질을 가지고 있어, 닿는 것만으로 올레인들에게는 치명적이라고 하지 않았습니까? 그걸로 충분하지 않습니까?"

"이제까지는 그랬지만, 천사가 나타난 상황에서도 그럴까?"

"천사가 나타났다고 해서 갑자기 근본이 바뀌거나 진화하는 건 아니지 않습니까? 걱정하실 일은 아니라고 생각합니다. 옛말에, 헛된 걱정은 머리를 무겁게 하고 몸을 둔하게 한답니다."

"누가 한 말인가?"

미하일은 진지하게 루치안을 돌아다보았다. 루치안은 눈 하나 깜짝하지 않고 말했다.

"제가 한 말입니다."

"싱거운 놈."

미하일은 픽 웃었다. 루치안은 미하일이 작게 웃은 것 정도면 자기 소임을 다했다고 생각했는지, 아무 말도 보태지 않고 그저 미소를 지었다.

"그런데, 너무 조용한 것 같지 않나?"

"유리 씨 말씀입니까? 혼자서 생각을 정리하는 중이 아닐까요?"

"아니야, 그런 종류의 고요가 아니다."

미하일은 벌떡 일어나 옆방으로 통하는 문에 손을 갖다 댔다. 눈을 감고 조금 정신을 집중하는가 싶더니 얼굴이 완전히 일그러졌다.

"가브리엘!"

미하일은 즉시 두 손으로 검을 잡고 문틈과 문사이 틈으로 찔러넣었다. 까마귀 떼가 우짖는 것도 같고, 철봉이 압력을 못 이겨 구부러지는 것 같기도 한 소리가 터져 나왔다. 그와 동시에 문 안쪽으로 공기가 들어가는 것처럼 문이 부풀더니 한계를 넘어서며 터졌다. 미하일은 옷자락을 휘둘러 자신과 루치안을 보호한 후 안으로 들어갔다.

조금 전의 폭발 여파인지 방 안은 엉망으로 어질러져 있었다. 침대는 옆으로 굴렀고, 서랍장은 서랍이 열린 채 앞으로 쓰러져 시시각각 앞으로 점점 더 쏠렸다. 온 사방에 종이가 흩날리고 있었다. 미하일은 그 종이들을 날카롭게 보다가 검으로 한 장을 찍어 바닥에 고정시켰다. 글자가 쓰여 있었는데 눈앞에서 하나씩 지워지고 있었다. 마지막으로 남은 것은 "가브리엘이"라는 다섯 글자였는데, 그마저도 뒤에서부터 지워져갔다. 지워지지 않고 남은 것은 빨간 피가 방울로 떨어져 종이에 스며들며 동그랗게 퍼져나간 자국뿐이었다. 미하일은 지체 없이 소리쳤다.

"블러디!"

"안 됩니다!"

루치안이 뒤에서 붙잡았다.

"지금 또 피를 쓰시겠다고요? 반나절도 회복하지 못했습니다! 그렇게 피를 쓰시고 가서 뭘 어쩌실 작정이십니까? 상대는 이번에도 이 영역의 주인이란 말입니다!"

"비켜!"

미하일은 자기 몸을 잡은 루치안을 내다 꽂듯이

떨어냈다.

"천년을 기다렸다, 절대로 빼앗기지 않아!"

루치안이 일어서는 사이 미하일은 이미 창문 속으로 스며들며 공간 이동을 시작하고 있었다. 블러디가 루치안의 뒤로부터 뛰어와 미하일의 어깨에 올라타며 함께 사라졌다.

"저 바보가!"

루치안은 짧게 내뱉으며 밖으로 나갔다. 정상적인 경로인 호텔 문으로.

8

유리는 신기하다는 듯이 구경을 하면서 걸어갔
다. 서울은 몇 시가 되더라도 야간근무와 인터넷 덕
에 불야성을 이룬다고 생각했는데, 지금 걸어가는
거리는 누가 일부러 정전이라도 일으킨 것처럼 깜깜
했다. 그 높이에서 뛰어내려 떨어졌는데도 바닥에
닿았을 때 아무 상처도 안 입고 계단에서 뛴 것처럼
착지할 수 있었다는 것부터 꼭 영화 속에 들어온 것
같았는데, 지금 보는 풍경도 실제 세상이 아니라 영
화 세트장을 걷는 듯했다.

포도 모양 네온사인 다음에 포도의 벽화를 지나,

포도 모양 분수를 끼고 당도한 곳은 지하철역이었다. 원래는 들어가는 입구에 노숙자 한둘쯤 신문지를 덮고 누워 있어야 하고, 원래는 차로를 건너는 용도로 쓰는 통로 외에는 셔터로 닫혀 있어야 할 곳이었다. 그 외에는 불도 꺼져 있어 을씨년스러운 분위기를 연출해야 할 곳이었다. 그런데 유리가 들어갔을 때 전철역 안에는 셔터가 내려진 곳이 한 군데도 없었다. 불도 유리가 가까이 갈수록 켜졌고, 본래 지하철역 광장 한가운데에 설치되었을 스탠딩 모니터도 유리 쪽을 향해 돌려 세워졌다. 그 풍성한 풀컬러 화면을 탐스러운 포도와 뒤얽힌 넝쿨이 가득 메웠고, 어딘가에서 향긋한 포도 향기마저 풍겨오는 듯했다. 표를 넣는 개찰구는 모조리 푸른색으로 빛났고, 그 위에 열차가 어디에 있는지 알려주는 모니터가 이 역에 열차가 서 있다며 반짝였다.

유리는 표도 없이 개찰구를 지나, 반짝이는 포도 모양 표지판과 향긋한 포도 향기 속에서 승강장으로 내려갔다. 한때 유행했던 이벤트 열차처럼 안에 포도 덩굴이 줄줄이 달리고 바깥에 멋진 포도 그림으로 뒤덮인 전철이 서 있었다. 다른 점이라면 이 전

철에 달린 덩굴은 진짜인 것 같다는 점이었다.

"큰 차라더니, 이거였어?"

반쯤 감탄하면서 유리는 전철에 탔다. 감탄이 반뿐인 이유는, 이렇듯 유치할 정도로 노골적인 허세가 그저 허세일 뿐이진 않을 거라는 생각이 나머지 반을 잡고 놔주질 않아서였다. 마누라라고 부르는 것도 그저 장난이 아닐지도 모른다는 느낌이 들었다. 유리가 올 길을 예비해놓은 감각은 옛날에 실력자들이 신부를 맞이하러 보냈다는 행렬의 느낌이 강하게 배어 나왔다. 게다가 사람들이 많이 이용하는 시설을 이렇게 사용하는 대범함. 어쩌면 가브리엘은 자기가 이곳에서 큰 권력을 가지고 있음을 과시하려는 것일지도 모른다. 유리는 왠지 웃음이 났다.

'천사에, 신부에…… 출세 빠르다, 유리.'

전철이 기관사도 안내 방송도 없이 문을 닫았다. 그리고 덜컹거리며 움직이기 시작했다. 자리에 앉아 있던 유리는 전철이 승강장을 막 빠져나올 때쯤, 요란한 소리와 함께 계단을 내려오는 형체를 어렴풋이 보았다. 그저 검은 옷을 입은 키 큰 남자와 커다란 검은 개라는 것밖에 알아볼 수 없었지만, 그것으로 충분했다. 유리는 일어나서 뒤쪽으로, 전철 창문으로 아직 승강장이 보이는 쪽으로 뛰기 시작했다.

"미하일!"

"오호, 빠른데."

유리는 창문만 보면서 뛰다가, 앞에 갑자기 나타난 가브리엘의 품으로 뛰어든 꼴이 되었다. 가브리엘은 얄미울 정도로 완벽한 자세로 유리를 받아 안고 인형을 가지고 놀듯이 유리를 들었다 놨다 하며 볼을 비볐다.

"그렇게 내가 보고 싶었어? 귀엽기도 하지."

"아, 이것, 놔!"

유리는 팔다리를 마구 휘젓고 머리까지 박아가면서 가브리엘의 품에서 빠져나오려고 애썼다. 잘 차려입었던 정장이 엉망으로 구겨지고 심지어 벗겨지려고 해도 상관하지 않고 거세게 저항했다. 결국 가브리엘이 못마땅한 표정으로 팔을 풀었다.

"얌전히 좀 안겨 있지. 내가 옷 망가뜨리는 걸 제일 싫어하는 거 몰라서 그래?"

"몰라! 내가 그걸 어떻게 알아! 이 상황에서 그런 게 무슨 상관이야?"

"하긴 마누라 입장에선 그럴 수도 있겠네. 내가 이해심이 많아서 다행인 줄 알아, 마누라."

유리는 가브리엘을 만났던 첫날처럼 머릿속에서 뭔가 끊어질 뻔했다. 그러나 오늘은 그렇게 끊기고 나면 후회할지도 모른단 생각이 들어 필사적으로 참았다. 여기까지 오는 것은 색다르고 즐거운 경험이긴 했지만, 가브리엘의 의도를 알 수 없는 상황에서는 맘 편히 즐길 수 없었다.

"그럼 그 하해와 같은 이해심으로 설명 좀 해주시지? 왜 인질까지 잡아가면서 날 불렀는지. 그리고 어딘가로 오라더니, 왜 벌써 나타나셨는지."

"기꺼이! 물론! 해줘야지. 그러려고 부른 건데 말이야. 생각보다 미하일 눈치가 빠르더라고. 어쩔 수 없이 좀 빨리 나왔어."

"두 번째 질문에 대한 답은 나왔고. 첫 질문은?"

분노를 절제하느라 다른 모든 것을 참은 덕에 유리의 목소리는 아주 건조하고 무미하게 들렸다. 얼굴도 마찬가지로 굳어 있었다. 가브리엘은 그런 얼굴을 보더니 살짝 얼굴 반쪽을 찡그렸다.

"옛날 생각 나는 얼굴이네. 새로 태어나서는 많이

달라진 줄 알았는데."

"나도 이왕이면 웃으면서 이야기하고 싶고, 웃는 얼굴에 침 못 뱉는다고 생각해왔지만 당신을 보고 생각이 바뀌었어."

"쳇. 그래서 또다시 이번 생에도 그 아둔하고 고지식하고, 가진 건 힘밖에 없는 미하일을 택하겠다고?"

"그게 무슨 소리야?"

유리는 눈을 크게 뜨고 가브리엘을 힘주어 쳐다봤다. 빨리 말하라는 압력을 눈으로 내보내는 것처럼. 가브리엘 또한 서서히 눈가에 광기가 담기고, 입가에 삐뚤어진 웃음이 실렸다.

"이야기 안 했을 줄 알았어. 알았으면 네가 그 녀석하고 같이 있을 리가 없지."

"무슨 이야기인지 본론을 빨리 말해!"

"그 녀석은 널 배신한 놈이야, 알잖아, 우리엘? 너처럼 완벽한 존재가 선택해줬는데도 도망가고, 널 버려두고, 그래서 결국 널 죽인 놈이라고!"

갑자기 기억이 폭풍처럼 휘몰아쳤다. 알아볼 수 있는 것보다 알아볼 수 없는 풍경이 더 많은 낯선 기억들, 오랜 눈물과 전투와 피와 절규로 가득 찬 기억이었다. 그 충격에 유리는 뒤로 비틀거리며 물러났다.

동시에 가브리엘의 뒤쪽으로 미하일이 나타났다. 그는 계속해서 전속력으로 추적해오고, 다른 이의 영역 안으로 들어오느라 무리해서 어깨로 숨을 쉬고 있었다. 그러나 유리가 비틀거리는 것을 보고 바로 검을 빼 들었다.

"가브리엘! 무슨 짓을 한 거냐!"

"무슨 짓을 했느냐고? 진실을 말해주었을 뿐인데? 네가 그렇게 감추고 싶었을 진실 말이야."

"이 자식!"

미하일은 가브리엘에게 달려들었다. 눈앞이 시뻘게지도록 흥분한 상태에서도 달려드는 타이밍과 순식간에 거리를 좁히는 발놀림은 군더더기 없는 무인의 솜씨 그 자체였지만, 미하일의 손에 든 검이 닿기 직전에 가브리엘이 한 걸음으로 피해버렸다. 가브리엘은 웃음을 터뜨렸다.

"느리잖아? 아무리 내 영역 안이라지만 이 정도일 줄은 몰랐는데, 미하일? 이건 영역의 힘일까, 아니면 피도 안 채우고 온 네 순정 덕일까?"

미하일이 내지르는 검을, 미하일이 발놀림을 봉쇄하기 위해 뻗는 발을, 조그만 틈이라도 놓치지 않고 타격을 주려는 팔꿈치 공격을 가브리엘은 얄미우리만치 간발의 차로 피했다. 그리고 처음에는 말로, 나중에는 손길로 미하일을 공격했다.

"아하하, 이것도 꽤 재밌는데? 이렇게 갖고 노는 것도, 악역 대사 하는 것도, 색달라! 미하일, 너도 다음부턴 이러고 놀아, 재밌다니까? 그런데 오늘은 얌전히 꺼져줘야겠어."

유리가 간신히 아픈 머리를 수습하고 고개를 들었을 때, 눈앞에서 미하일이 종잇장처럼 날아가 처박히고 있었다. 포도 넝쿨로 뒤덮인 전철 벽은 미하일을 받더니 의지를 가진 생물처럼 미하일을 튕겨냈다. 그냥 벽에 부딪혀 나가떨어진 것보다 한층 무시무시한 소리를 내면서 미하일이 유리 앞에 떨어졌다.

"이봐요! 지금 뭐 하는 거야?!"

유리는 비명을 지르면서 달려가 미하일의 머리를 감싸 안았다. 사람과는 다른지 상처도 나지 않았고 피도 흘리지 않았지만 충격에 정신을 못 차리고 있었다. 유리는 타는 듯한 눈길로 가브리엘을 노려봤고, 가브리엘은 순간 움찔했지만 싱글벙글 미소를 잃지 않았다.

"그렇게 보지 마. 먼저 폭력을 쓴 건 미하일이라고. 원래 이놈이 한 성질 하잖아."

"당신이 도발했잖아!"

"그건 그래. 하지만 진짜 도발은 시작도 안 했는걸."

가브리엘은 어깨를 으쓱했다. 그리고 천천히 걸어서, 미하일을 안고 있는 유리 쪽으로 다가오며 말했다.

"이렇게 하자. 고전적인 시합을 하는 거야. 레이디를 걸고, 두 기사끼리 싸우는 거지. 이렇게 시합이라도 할 수 있게 해주다니, 내가 얼마나 공명정대한지 알아주길 바라. 어느 모로 보나 넌 나한테 더 어울려. 내 소유물이 되면 우선, 네가 이제까지 평생 살아온 이곳을 떠나지 않아도 된단 말이야. 여긴 내 영역이니까 내가 신이야. 미하일이 똑같은 말을 하면서 그 영역으로 데리고 가려고 했겠지? 하지만 내 영역은 바로 여기야. 어느 쪽이 네게 더 낫겠어? 게다가 같은 영역이라고 해도 12 율법위원이 된 나와, 감찰관이라지만 변방에 있을 정도로 세력 없는 미하일이 비교가 될 리 없지. 장담할 수 있어. 미하일이 널 그곳에 데려가 봤자, 무능력한 자는 널 힘들게만 할 뿐이야. 게다가 한번 배신한 자는 또 배신할 수 있는 법. 이야, 말하다 보니 이 정도로 내가 유리할 줄은 몰랐는걸? 이렇게나 선택지가 명약관화한데도 미하일에게 기회를 주겠다잖아. 얼마나 관대해? 응할 거지, 미하일?"

"웃기지 마! 어디가 공평해? 질 가능성이 없으니까 재미 삼아 시합하자는 거잖아?"

"그도 맞는 말이지만, 미하일은 할 거야. 어차피 우리끼리 겨루든 율법위원회에 청부하든 이기는 건 나거든."

가브리엘의 말을 증명이라도 하듯 미하일은 유리 품에서 정신을 차리자마자 언제 쓰러졌냐는 듯 벌떡 일어났다. 유리는 미하일의 다리를 잡고 늘어졌다.

"안 돼요! 하지 마! 지금 싸우면 백 퍼센트 져요! 죽을 수도 있단 말이야!"

"멀리 비켜라. 위험하다."

미하일이 가브리엘에게 상대가 안 된다고는 하지만, 유리가 미하일의 상대가 안 되는 것에 비하면 아주 작은 격차였다. 유리는 그렇게 악을 쓰고 매달린

것이 허무하게도, 답삭 들려 다음 차량으로 이동'당'
했다. 가브리엘이 친히 따라와 문을 닫아주었고, 당
연하게도 그들이 다시 원래 있던 차량으로 돌아간
후에는 문이 열리지 않았다.

그리고 볼 수는 있지만 갈 수 없는 그 건너편 차
량에서 두 사람의 시합이 시작되었다. 진지하게 무인
처럼 달려드는 미하일에 비해, 가브리엘은 채찍을 쓰
는 데다 심지어 무기마저 옆에 있던 포도 넝쿨을 가
지고 건성으로 휘두르는데도 압도적으로 차이가 났
다. 가브리엘이 검으로 싸우기 시작했다면, 시작한
지 수 초 안에 미하일은 오체분시가 되었을 터였지
만, 채찍은, 그것도 포도 넝쿨로 된 채찍은 가브리엘
의 압도적인 힘 앞에 미하일이 우스꽝스럽고 치욕스
러운 꼴을 보이도록 하기 위한 장난감일 뿐이었다.

"그만해! 멈추라고! 야, 이것들아!!"

그 광경을 보면서 유리는 문을 두드리고, 밀어보
고, 당겨보고, 발로 차보고, 옆에 있는 소화기로 유
리를 깨보려고도 해보았다. 그러나 어느 것 하나 먹
히지 않았다. 마치 가브리엘을 향한 미하일의 공격
처럼.

"야아아아악!"

비명에 가깝게 절규했을 때, 누군가 어깨에 손을 얹었다. 유리는 누가 되었든 잡아 족쳐서 이 사태를 바꿀 요량으로 휙 돌아섰다. 루치안이 서 있었다.

"루치안! 좀 말려봐요! 아니면 이 문 좀 열어봐요! 저 작자들 때문에 돌겠어!"

"말리는 것도, 문을 여는 것도 제 능력으로는 못 합니다."

"그럼 이렇게 보고만 있어야 된다는 거예요?"

"제 능력으로 못 한다고 했지, 아예 안 된다고는 안 했습니다."

"방법이 있나요?!"

매달려 무릎이라도 꿇으려는 듯한 유리에게 루치안은 커다란 검집을 보여주었다.

"지금의 당신이라면 가능할 겁니다."

"이리 내놔요!"

유리는 그 검집을 덥석 들어, 유려한 동작으로 검을 검집에서 꺼냈다. 마음의 급박함이 몸을 죄었는지, 버릴 것이 하나도 없는 동작이었다. 그다음 동작은 당연히 문을 베는 것이었다.

유리는 오랫동안 검도를 해왔지만 진검을 든 일은 몇 번 없었다. 전철에 쓰이는 금속을 베려면 무림 고수가 아닌 이상 보통 검으로는 어림도 없다는 사실도 알았다. 하물며 이 전철은 밤의 제왕이 된 존재가 영역 안에서 그은 결계였다. 그러나 검집에서 나온 검을 잡는 순간 유리는 그것을 베어낼 수 있다는 사실을 알았다. 이미 아는 결과를 만들어내기 위해 당연스럽게 검을 휘둘렀다. 문이 두 동강이 나는 동시에, 손잡이로부터 꼭대기에 이르기까지 검에 불길이 타올랐다. 마치 풀려난 것을 기뻐하는 짐승처럼 세차게 너울거리는 불길이었다.

루치안은 흥분이 섞인 얼굴로 그 광경을 뒤에서 지켜보았다.

"멈춰!"

유리는 싸움의 한가운데로 무작정 뛰어들었다. 인간으로서는 따라갈 수 없는 속도의 싸움이 벌어지고 있었으나, 유리가 뛰어들었을 때 미하일과 가브리엘은 양쪽으로 갈라져 무릎을 꿇었다. 유리가 든 검을, 불길이 붙은 검을 보았기 때문이었다. 미하일은 자기가 이전까지 들어왔던 검을 놀란 눈으로 잠깐 보았지만, 유리가 검을 흔들면서 소리치자 다시 그쪽으로 시선을 돌렸다.

"멈추라고! 말을 좀 들어, 이 대책 없는 사람들아!"

"벌써 멈췄어, 마누라, 그러니까 진정하고 그 검 좀……."

"시끄러워! 누가 마누라야!"

진정시키려던 가브리엘은 오히려 코앞에서 불길의 검이 흔들흔들 위협하는 꼴을 봐야만 했다. 미하일은 뭐에 홀린 것처럼 그 검을 보고 있을 뿐, 아무 말도 하지 않았다.

유리는 그동안 계속 보고만 있고 발을 구르기만 했던 감정이 터진 듯 폭발하듯이 쏘아붙였다.

"내 일이야! 내가 선택하는 거라고! 어디서 내 일을 가지고 싸움질이야! 당신! 당신도!"

불길의 검이 다시 한번 가브리엘과 미하일의 코앞에서 위협적으로 흔들렸다. 그러다가 가브리엘 앞에서 고정되었다.

"망할, 당신 때문에 별로 갖고 싶지도 않은 기억, 그나마 뚜렷하지도 않은 기억이 떠올라버렸어. 알고 싶지도 않은 일 끄집어내 놓고서는 진실이 뭐가 어

째? 당신이 지금 힘이 있고, 당신이 옛날에 내게 잘
못한 게 없다고 해서 내가 당신을 선택할 것 같아?
웃기지 마, 어림도 없어!"

가브리엘이 정말로 충격을 받은 표정을 짓자, 유
리는 큰 소리로 웃어젖혔다.

"아하하, 남한테는 그렇게 씨불여놓고선 그게 뭐
야, 표정이? 이럴 줄 몰랐어? 정말? 나는 우리엘이
아니라 유리고, 옛날 일은 둘째치고 지금 일어난 일
만 가지고도 당신 택할 생각 전혀 없어. 당신이 한
게 뭐가 있어? 내가 괴물이랑 조폭한테 쫓길 때 당
신은 어디서 뭘 했어? 내가 그 여자한테 목 뜯길 때
뭐 했냐고. 그래서 내가 피 다 쏟고 죽어갈 때는?"

"하지만 그 여자를 없앤 건 나야!"

"여기 가지려고 그런 거잖아. 죽어가는 나는 이
사람한테 맡기고, 당신 이익 되는 일만 실컷 하다가
온 거잖아? 그것도 다 이렇게 될 거라고 생각하고
그런 거지? 나 살리느라고 피 쏟으면 미하일이 당신
이길 확률은 점점 더 낮아질 테니까? 그렇게 자기
좋은 짓만 실컷 하고, 자기 좋은 것만 따먹고 싶었
어? 어쩌면 좋아, 내가 제일 싫어하는 게 그런 짓 하는 족속인데.”

가브리엘도, 미하일도 아무 말도 하지 않았다. 그들의 얼굴엔 아무런 표정도 없었다. 오히려 멀리서 바라보는 루치안이 팔짱을 끼고 여유롭게 구경했다. 유리는 가브리엘의 목에 바짝 검을 들이대고 종지부를 찍었다.

“난 이 사람이랑 갈 거야. 당신이 날 쥐고 흔들 수 있는 이곳에 남고 싶은 마음은 한 톨도 없어. 목숨은 살려줄 테니까 내 일은 모두 잊어.”

유리가 말하는 동안 점점 고개를 떨구던 가브리엘이 홱 고개를 들어 유리를 노려보았다.

“만날 잊으래!”

어린애처럼 그렇게 소리를 지르더니, 가브리엘의 눈에 눈물이 넘실넘실 차올랐다. 그것도 모자라, 검을 앞에 두고도 양손으로 눈물을 닦아내면서 투정하기 시작했다.

“나는, 생각해서 한 건데, 으흑, 만날 나만 보면, 흑, 잊으라고, 꺼지라고, 흑흑, 무정해, 무정해, 너무 무정해!”

“뭐래……”

기가 막혀서 유리가 검을 아래로 미끄러뜨리자, 가브리엘이 기회를 놓치지 않고 일어났다. 미하일이 잽싼 동작으로 유리 앞을 가로막았지만, 가브리엘은 그대로 반대 방향으로 엉엉 울면서 달아나버렸다. 잠시 긴장해서 달려왔던 루치안도, 미하일도 안도의 한숨을 내쉬었다.

"정말 큰일 나는 줄 알았습니다."

루치안이 한숨을 쉬며 유리에게 검집을 건넸다. 그러나 유리는 검집을 받지 않고, 검으로 미하일을 겨눴다. 루치안이 깜짝 놀라 그 앞으로 막아섰다.

"유리 님!"

"당신과 가기로 했지만, 우리 이야기는 아직 시작도 안 했지. 내 이름은 우리엘이라던데."

막아선 루치안 뒤를 보며 유리가 말했다. 미하일은 침통한 듯 굳은 얼굴로 듣기만 했다.

"내가 기억이 좀 났거든. 그 기억 중에는 이 세계에서의 것도 있어."

검에 맺힌 불길이 더욱 크게 타올랐다.

"열두 살 때 나타났던 검은 사신. 그게 당신이지?"

의문문이었지만 확신을 담은 물음에 미하일은

고개를 끄덕였다. 두 사람 사이를 살핀 루치안이 한쪽으로 비켜섰다.

"그래. 그게 나의 진짜 임무였다. 열두 살이 되어서 네가 각성하기 전에 제거하는 것."

"왜 그래야만 했지?"

"너는 여기 남은 우리를 청소하는, 정확히 말하면 말살하는 임무를 받아서 내려오는 존재였으니까, 존속을 위해서 그렇게 했지."

"사실 '천사'는 죽음의 천사였던 거군."

미하일이 희미하게 웃고 덧붙였다.

"우리엘이 죽음의 천사이고, 지옥의 열쇠를 가진 문지기라는 전설처럼."

"사람들이 얼마나 싫어할까. 그들이 말하던 천사가 그저 관광객 모시던 인공 생명체이고 목숨을 연명하려고 흡혈귀 짓을 하며 살았다는 걸 알면."

그건 조금 끌린다는 듯이 웃던 유리는 다시 검을 고쳐 쥐었다.

"왜 잘 수행하던 네 임무를 이번에는 놓아버렸지?"

질문하며 똑바로 쳐다보는 유리의 눈길에 미하일은 다시 한번 자기 안을 훑어보았다. 거기에 관련된 감정들, 판단들은 어디서 왔고, 어떻게 흘러가다가 태업으로 결론지어졌는가. 정말 많은 실타래가 있었지만, 그 근원에 있는 것은.

"지루해서."

"호오."

"주인들의 환락경이었던 이곳을 더럽히는 생존 욕망을 더 이상 수호하고 싶지 않았고, 네가 나타날 때마다 가서 끄는 것도 진절머리가 났지."

유리는 루치안에게 손을 내밀었다. 루치안은 재빨리 검집을 건넸고, 검이 검집에 들어가며 불길이 사라지자 크게 한숨을 쉬었다.

미하일은 이제 다른 사람이 된 것처럼 보이는 유리에게 물었다.

"지루한 천국과 흥미진진한 지옥 중에 택하라면 어떻게 할래?"

"그게 무슨 상관이지, 여긴 천국도 지옥도 아니고 너희들 것이 아니야."

생각할 필요도 없다는 듯이 답이 바로 나왔다. 유리는 고개를 절레절레 저었다.

"밤의 제왕이라니, 기가 막혀서. 호랑이 없는 곳

에서 여우가 위세를 떤다지만, 잘도 그렇게 자기들을 신격화하고 율법 만들고 신나게 살았군. 어쩐지 보자마자 다들 없애고 싶더라니."

유리는 무언가 고민하는 듯하더니 얼굴을 들어 미하일을 보았다.

"가브리엘이 만들어준 시나리오가 역시 편하고 강력하겠어."

"무슨 시나리오?"

"'이번 생에도 그 아둔하고 고지식하고, 가진 건 힘밖에 없는 미하일을 택했다'는 시나리오."

미하일이 찡그렸고, 유리는 웃었다.

"전생의 배신자, 현생의 살인자를 데리고 다니는 이유로 남들이 납득하기 편하지 않겠어?"

"데리고 다닌다니?"

"그러고 보니 한번 배신한 자는 다시 배신하기 쉽다는 것도 가브리엘이 한 말이네. 통찰력이 대단해. 다시 봤어."

"데리고 다닌다니, 나를?"

"그래, 당신을."

유리가 미하일을 똑바로 보았다. 그 눈길에 조금

전 검에 서렸던 불길이 타오르고 있었다. 원망도 짜증도 아닌 격노와 심판의 불길이었다.

"그래, 환락경을 좀먹으면서 오랫동안 차지해온 벌레들을 청소하러 가자. 그게 진짜 수호자의 역할이야."

미하일은 유리가 내민 손을 보았다. 유리가 한 말이 그 손과 함께 메아리쳤다. 그게 진짜 수호자의 역할이야.

한참을 가만히 있던 미하일은 마침내 인정했다. 선택하지 않기로 했던 그 선택 뒤에 있던 죄책감이 바로 이것이었다고. 진짜 해야 할 일을 회피하던 그날들에 염증을 느낀 것이었다고.

미하일은 그 손을 잡았다. 마침내, 선택했다.

〈끝〉

작가의 말

도트 시리즈는 서사를 모자람 없이 다 쓸 수 있는 충분한 길이의 중편 소설을 표방하고 처음에 섭외를 받았다. 문제는 내가 초장편 인간이라는 것이다. (다른 문제들도 있었지만 그건 숨기겠다. 예를 들면 마감이라든가, 마감이라든가, 마감이라든가……) 장편소설의 1부, 첫 챕터 같은 단편이 내 특기이자 콤플렉스인데 이번에도 그 운명을 피할 수가 없었다.

하지만 호메로스의 〈일리아스〉가 나에게 변명거리를 주었다. 일리아스는 수많은 뒷배경 이야기들을 훌쩍 뛰어넘어서 아킬레우스의 분노와 전장 이탈에서 시작한다. 그리고 한참 많이 남은 전쟁의 결말과 뒷이야기들까지 가지 않고, 아킬레우스의 (다른) 분노와 전장 복귀에서 끝난다. 사건 한가운데에서 시작해서 사건의 1차 마무리에서 끝나는 건데, 이 본편에서 나온 이야기들이 앞뒤를 포함하는 형식이(라고 배웠)다.

《환락경》 또한 이 소설의 시작 전에 몇만 년의 일이 있고, 소설이 끝난 후에 본격적으로 시작될 여정이 있다. 하지만 미하일과 유리에게 가장 중요한 순간, 계기를 만나고 결정을 내린 순간을 담았으므로 이전과 이후는 짐작이 충분히 가능할 것이다. 앞뒤를 자른 것이 아니라, 중요한 한 부분만을 보여드렸다고 생각해주시기를 바란다.

이 소설은 원래 판타지 로맨스로 생각했던 《끝없는 밤》을 현대 판타지로 개작한 것이다. 그러나 로맨스적인 면을 대폭 없애고 설정을 조금 SF적으로 바꾸고서야 완성을 할 수 있었다. 평소 나의 글을 로맨틱하다고 여겨주는 동료 작가님이 안타까워하셨다. 개인적으로는 이전 작에서 가장 잘 썼다고 생각한 부분을 몇 줄만 남기고 다 없애버린 것도 아깝다.

하지만 그게 글인 것 같다. 가장 잘하는 것, 하고 싶었던 것, 사랑하는 부분을 없애고 나서야 완성이 되는 것. 그 완성품이 진짜로 원래의 아이디어보다 더 낫든 나쁘든 말이다.

오랜 기간 기다려주시고 작업에 힘써주신 아작 편집부에 감사드린다. 그동안 내내 자극과 격려를 주었던 거울과 백화제방의 동료 작가들에게도 감사를 전하고 싶다. 이 글을 읽어주신 당신께 가장 감사드린다. 앞으로도 잘 부탁드린다는 말과 함께.

2024년

최지혜

dot. 20

환락경

초판 1쇄 발행 2024년 11월 20일

지은이 최지혜
펴낸이 박은주
디자인 김선예, 이수정
마케팅 박동준

발행처 (주)아작
등록 2015년 9월 9일 (제2023-000057호)
주소 07236 서울특별시 영등포구 의사당대로 38 102동 1309호
전화 02.324.3945-6 **팩스** 02.324.3947
이메일 arzaklivres@gmail.com
홈페이지 www.arzak.co.kr

ISBN 979-11-6668-820-1 04810
979-11-6668-800-3 04810 (세트)